KB114265

신림 퓨전 판타지 소설
FUSION FANTASTIC STORY

THE INCARNATION OF REVENGE

복수는 이렇게 하는 거다 1

신 림 판타지 소설

초판 1쇄 찍은 날 § 2013년 1월 3일
초판 1쇄 펴낸 날 § 2013년 1월 10일

지은이 § 신 림
펴낸이 § 서경석

편집부장 § 권태완
편집책임 § 정수경

펴낸곳 § 도서출판 청어람
등록번호 § 제1081-1-89호
등록일자 § 1999. 5. 31
어람번호 § 제1-1746호

주소 § 경기도 부천시 원미구 심곡2동 163-2 서경B/D 3F (우) 420-822
전화 § 032-656-4452팩스 § 032-656-4453
http://www.chungeoram.com
E-mail § chungeorambook@daum.net

ⓒ 신 림, 2013

ISBN 978-89-251-3650-9 04810
ISBN 978-89-251-3649-3 (세트)

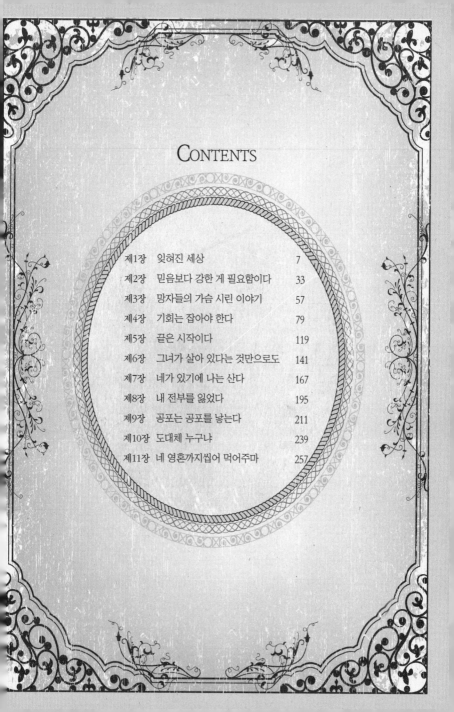

CONTENTS

제 1 장

잊혀진 세상

불그스름한 노을은 주변을 더욱 진하게 비추었다. 아름다워 보이기까지 한다. 땅은 선홍빛으로 물들었고 나뭇잎에서는 붉은 와인이 흘러내린다.

고요히 눈을 감으면 천상에라도 와 있는 듯하다. 뭐가 현실인지 알 수가 없다. 이제는 내가 누구인지도 기억이 나지 않는다.

쉬이이이잇.

은빛과 붉은빛이 어우러지며 나를 향한다. 황홀하다. 그저 무한히 받아들이고 싶다.

하지만…….

생각하기도 전에 몸이 먼저 반응해 버린다.

너무나 아름답게 달려드는 은빛의 칼날. 내 목을 자르고 내 안의 붉은 피를 쏟아내게 만들 것이다. 어느새 나는 한 발 옆으로 비켜나서는 그의 손목을 잡아챈다.

우두둑.

섬뜩한 소리와 함께 그는 검을 놓친다.

부아아아악.

손에 들려진 검이 그의 배를 지나 옆구리를 가른다. 살점이 튀고 뼈가 부서지는 느낌이 손에 고스란히 전해진다.

푸화아아아악.

붉은 피가 얼굴을 흠뻑 적신다.

그제야 정신이 번쩍 든다.

나뭇잎에서 흘러내리는 건 붉은 와인이 아니다. 사람의 생명. 검붉은 피가 덕지덕지 붙어 있고 땅은 핏물이 고여 흐른다.

역겨운 냄새가 코를 자극한다. 시야로 하나하나 익숙한 장면들이 들어온다.

반쯤 미친 얼굴로 오직 죽이기 위해 검과 도를 휘두른다. 사방에서 비명이 난무하고 처절한 절규가 들려온다.

오로지 살겠다는 일념과 죽여야 한다는 욕망, 그리고 이 땅을 지배하고 있는 공포.

그렇다. 이곳 망자의 섬 알카스는 그런 곳이다. 하루하루 생존하기 위해 누군가를 죽여야 하는 곳. 내 검도 멈추지 않는다.

"네놈 모가지는 내 거다!"

"놈이 여기 있다!"

눈을 희번덕거리며 달려든다. 그들의 손에는 무시무시한 것들이 들려 있다.

"내가 왜 여기에 있는 거지? 저들은 왜 나를 죽이려는 건가?"

혼란스럽다. 검을 들고 있는 이유도 눈앞의 자들을 죽여야 하는 이유도 생각나지 않는다.

"도대체 나는 누구지?"

검을 바라보았다. 얼마나 많은 사람을 베었는지 검날에는 살점이 덕지덕지 붙어 있다. 아무것도 기억이 나지 않는다. 나는 지금 그저 본능적으로 움직일 뿐이다.

슈아아아악.

달려들던 자들의 팔이 잘려 나가고 목이 떨어져 바닥을 구른다.

"놈이 제정신이 아니다. 겁먹지 마라! 지금이 기회다! 한꺼번에 공격하면 죽일 수 있다!"

"놈이 정신을 차리기 전에 모두 쳐라!"

샤샤샤샤샷.

주변을 낯선 무리가 둘러싼다. 그들이 누구인지 나는 알지 못한다. 다만 느껴지는 건 살기. 나를 죽이려는 진득한 살기가 온몸을 찌른다.

이 짜증나고 불쾌한 느낌. 이런 느낌을 받았던 기억이 난다.

내 인생을, 내 미래를 망가뜨린 자들. 웃으며 친구라 했던 자들이 내 등 뒤에서 이런 기운을 뿜어냈었지.

가슴 깊숙한 곳에서부터 뜨거운 게 치밀어 오른다. 너희가 누구인지는 중요하지 않다. 이 더러운 기분을 느끼게 한 것만으로도 골백번은 죽을죄를 지은 것일 테니.

오냐, 다 죽여주마! 그래서 이 더러운 느낌을 떨쳐낼 수만 있다면!

"으아아아아아!"

나의 분노를 느껴 보거라.

"허억."

"흐으윽."

부들부들.

달려들려던 자들이 모두 멈췄다.

떨고 있다. 그들은 압도적인 살기 앞에 옴짝달싹못하는 덫에 걸린 짐승이 되어버렸다.

"정신도 온전하지 않은 놈이 이런 살기라니……. 대체 밖에서 무슨 일을 당하고 온 것이냐……."

분노 앞에 나를 향하던 살기가 흩어졌다. 그들이 지금 보이는 건 두려움. 그래. 익숙하다. 언제나 내 앞에 선 자들은 이런 모습을 보였었지.

"칸! 또 왜 그러십니까?"

누군가 묻는다.

"칸? 그게 나인가?"

낯선 호칭으로 나를 부른다. 하지만 기억이 나지 않는다. 뭔가 머릿속을 꽉 막고 있는 느낌이다.

"정신 차리십시오. 칸께서 말씀하시지 않았습니까? 이곳 알카스에서 망자가 되지 않으려면 끊임없이 되새겨야 한다고!"

사내는 간절한 눈빛으로 소리친다. 뭔가 절박해 보인다. 알아들을 수는 없지만 가슴 한켠이 아린다.

"되새겨? 무얼?"

"칸을 이곳에 보낸 자들! 저를 이곳에 보낸 자들! 우릴 이 지옥에 보내고 모든 것을 빼앗았으며 이제는 저 바깥세상에서 군림하고 있는 추악한 자들을 말입니다. 우리가 지켜줘야 했을 사람들이 무슨 일을 당했는지 잊으시렵니까!"

사내의 한마디 한마디가 가슴을 비수처럼 헤집는다. 왜 이렇게 마음이 찢어지는 것일까.

"추악한 자들… 나를 이곳에 보낸 자들……."

머리가 아닌 가슴이 반응한다. 뭔가 기억하기 두려운 일들이 자꾸만 생각나려 한다.

"기억해야 합니다. 칸! 망자가 되시렵니까?"

"내… 내 이름이 뭐지?"

더 이상 피할 수는 없다.

"카라얀 님이십니다."

"카라얀……."

익숙한 이름이다. 하지만 그것만으로는 닫힌 기억이 쉽게 열리지 않는다. 기억하고 싶지 않은지도 모른다. 아니, 기억하지 못하는 척하고 있는 것일까.

"아이린마저 잊으셨습니까?"

"아이린!"

부들부들.

떨림을 멈출 수 없다. 아이린이라는 이름을 듣는 순간 이미이성은 몸을 통제할 수 없게 되었다.

너무나 그리운 이름. 끊임없이 불러보고 싶은 이름. 하지만 이제는 어떤 대답도 들을 수 없는 아련한 이름.

"기억하셔야 합니다! 절대 잊어선 안 됩니다! 설령 죽어서 혼이 되더라도 그 이름만큼은 잊어선 안 됩니다!"

사내는 혼신을 다해 소리쳤다. 그의 절망이 고스란히 느껴졌다. 그 이름은 사내에게도 꽤나 중요한 모양이다.

"아이린!"

온 힘을 다해 그 이름을 불렀다. 대답이 없다는 것을 알지만 불러보고 싶었다.

고오오오오오.

몸 안의 마나가 미칠 듯이 끓어오른다. 쏟아버리고 싶다.

이 주체할 수 없는 힘을 쏟아붓지 않는다면 나는 무너지리라.

"나는 카라얀! 망자의 섬 알카스에서 나가는 날 이 세상을 지옥으로 만들 것이다! 으아아아아!"

이제 생각났다. 내 이름이.

카라얀. 아르테미스 결사대장.

그게 내가 세상에서 불렸던 이름이다.

*　　　*　　　*

쐐애애애액.

쉬시시시싯.

암기와 화살이 카랴안에게 집중되었다. 알카스를 지배하

는 칸 베르무스의 수하들은 오직 카라얀만을 노렸다.

"와라! 베고 또 벨 것이다! 무한의 시간이라도 나를 막는 자들은 베어버릴 것이다!"

후아아아앙.

카라얀의 검이 허공을 가를 때마다 칸의 부하들은 짚단처럼 동강이 나 바닥에 쓰러졌다. 카라얀의 눈빛은 반쯤 이성을 잃은 듯 붉게 충혈되어 있었다.

너무 많이 베어서인지 이제는 왜 베는지조차 모를 정도다. 베어도 베어도 끝이 나질 않는다.

쉬시시시싯.

휘리리리릭.

"크윽."

카라얀의 팔다리에 쇠사슬이 휘감겼다. 난전에서 정신을 차리지 못한다는 건 곧바로 죽음으로 이어질 만큼 위험천만한 일이다. 하지만 이곳은 망자의 섬.

세상에서 잊혀진 곳이기도 하지만 일단 알카스에 들어오면 결국 세상을 잊게 된다. 생존을 위해 하루하루 치열하게 살다 보면 과거의 일은 먼 옛날처럼 까마득하게 잊혀지는 것이다.

"으아아아아!"

카라얀은 절규했지만 팔다리는 꼼짝도 하지 않았다. 본래 실력이라면 이런 수작에 당하지 않았겠지만 근래 카라얀의 기억이 끊기는 일이 잦아졌다.

그럴 때마다 동기 부여를 하지만 알카스는 제정신을 차리고 살아갈 수 없는 곳. 카라얀은 점차 한계에 다다랐다.

"드디어 이렇게 만났구나! 건방진 놈! 감히 칸께 대항해 칸이라는 칭호를 사용해? 네놈 목을 가져가면 나는 큰 포상을 받게 될 것이다. 크하하하!"

슈아아아악.

까아아아앙.

거대한 도가 내리쳐지는 찰나 그 사이를 검이 가로막았다.

"친위대는 칸을 보호하라!"

쉬시시시싯.

클레이튼의 명령에 난전을 벌이던 친위대가 카라얀 주위로 모여들었다.

하지만 카라얀에게는 친위대는 물론 아군과 적의 구분조차 없었다. 마나가 폭주하면서 망각의 늪은 더욱 깊어만 갔다.

"감히 네깟 놈들이!"

푸화아아아악.

엄청난 기세를 뿜어내며 팔다리에 감겨 있던 쇠사슬을 날려 버렸다.

"피해라! 어서!"

클레이튼이 다급하게 외쳤다.

후아아아앙.

카라얀의 검이 휘돌았다. 그의 검이 가는 길에는 친위대가 있었다. 조금만 늦었어도 친위대 상당수가 카라얀의 검에 목숨을 잃을 뻔했다.

"칸! 집중해야 합니다! 망령에 먹힐 생각입니까?"

멈칫.

카라얀의 검이 클레이튼의 코앞에서 멈췄다.

클레이튼은 카라얀을 향해 간절한 눈빛으로 소리쳤다. 고통이 클수록 원한이 깊을수록 이곳 알카스에서는 더 빨리 기억을 잃어간다. 일종의 도피다.

어차피 해결할 수 없는 일로 고통을 받을 바에는 차라리 잊는 걸 택하는 것이다. 망자의 섬 알카스에서 나가는 것은 불가능하기 때문이다. 단 한 명도 탈출에 성공한 사람은 없었다.

알카스는 단지 고립된 섬이 아니라 차원의 틈새에 놓여 있는 전혀 다른 공간이기 때문이다.

알카스의 지배자 칸 베르무스.

그는 헤르메네스 왕국 페이튼 국왕의 동생이자 국왕의 자리를 빼앗으려 반란을 일으킨 반역자다.

본래 같으면 참수했겠지만 페이튼 국왕은 그를 살려주는 대신 알카스에 평생 가둬두는 걸 택했다. 베르무스는 밝은 세상에서 왕이 되는 건 실패했지만 이곳 알카스에서는 왕으로 군림했다.

그에게 알카스는 헤르메네스 왕국이나 다름없었다. 대륙의 온갖 흉악무도한 범죄자들이 마지막으로 가게 되는 곳. 알카스에 들어가는 순간 세상에서는 잊혀지게 된다.

그래서 알카스를 망자의 섬이라고 부르는 것이다.

하지만 칸 베르무스에게 반기를 든 인물이 있으니, 십 년 전 이곳에 갇히게 된 아르테미스 결사대장 카라얀이다.

카라얀의 세력은 점차 커졌고 어느샌가 칸 베르무스까지 위협하고 있었다.

"내 앞을 막지 마라 했다!"

쿠아아아앙.

카라얀의 검이 바닥에 꽂혔다. 그와 동시에 붉은빛이 생겨나더니 카라얀을 중심으로 에워쌌다. 카라얀은 어느새 붉은 빛에 녹아들며 사라졌다.

카라얀 주변 일대는 오직 붉은 아지랑이만이 자욱할 뿐 아무것도 분간할 수 없게 되었다.

"설… 설마! 붉은빛의 오러 블레이드!"

발록은 붉은빛의 오러 블레이드를 보자 소스라치게 놀랐다.

오러 블레이드는 소드마스터를 상징한다. 소드마스터에 도달하는 것은 하늘의 별을 따는 것만큼 어려운 일이다. 대륙을 통틀어도 그리 많지 않고 존재 대부분은 전략적으로 감춰져 있다.

대부분의 오러 블레이드는 하얀빛을 내는 게 일반적인데, 간혹 특이한 색깔의 오러 블레이드를 만들어내는 자들이 있다.

이들은 자연스럽게 이름이 알려졌고, 그 자체만으로 압도적인 위용을 자랑한다.

"들… 들어본 일이 있습니다. 십여 년 전 붉은빛의 오러 블레이드를 지닌 인물이 있다고 했습니다."

"아르테미스의 결사대장! 설마 알카스에 왔을 줄이야……."

발록도 아르테미스의 결사대장에 대해서는 알고 있었다. 아니, 모를 수가 없다.

검을 휘두르는 자 치고 소드마스터를, 그것도 특이한 빛깔의 오러 블레이드를 지닌 인물을 모른다는 건 말이 되지 않는다.

"소드마스터라면 우리만으로는 상대할 수 없습니다. 더욱이 저자가 정말 아르테미스의 결사대장이라면 넘볼 수준이 아닙니다. 소문대로라면… 우린 한 사람도 살아 돌아갈 수 없습니다."

"놈은 지금 제정신이 아니다. 지금이라면… 죽일 수 있다. 이곳이 알카스라는 걸 잊었느냐? 저놈도 본래의 힘을 발휘하진 못할 것이다. 모두 공격해라! 놈이 정신을 차리지 못하도록!"

발록은 후퇴보다는 정면 승부를 택했다.

그동안 수하들과 잦은 교전으로 그가 간혹 정신이 오락가락할 때가 있다는 걸 알기 때문이다.

그 틈을 이용한다면 제아무리 소드마스터라고 해도 승산이 있다고 본 것이다.

무엇보다 알카스에서는 마나 운용이 자유롭지 못하다. 바깥세상에서 강했다고 해도 알카스에 들어선 순간 마나는 거의 대부분 소멸되기 때문이다. 카라얀이 그동안 숨죽이며 지낸 것도 그 때문이다.

마나를 어느 정도 사용할 수 있게 되자 세를 모으고 칸 베르무스에 대항한 것이다. 하지만 지금도 예전 힘의 절반 정도밖에는 사용할 수 없다.

그건 알카스만의 독특한 환경 때문이라는 게 갇힌 자들의 추측이다.

"쳐라! 살고 싶으면 죽여야 한다!"

발록의 명에 따라 모두의 검이 카라얀에게 쏠렸다.

스스스스슷.

발록의 수하들이 공격하려는 찰나 붉은빛의 오러 블레이드가 사라졌다. 카라얀은 숨을 헐떡였다.

알카스에서는 되도록 마나 사용을 자제해야 하는데 오러 블레이드를 만들어내느라 무리하게 마나를 운용한 것이 문제가 된 것이다.

가장 위험한 시기에 카라얀은 주체할 수 없는 감정에 빠져 스스로 무장 해제를 한 셈이다.

"크으으으으."

카라얀은 머리를 부여잡고 고통스러워했다.

"안 되겠다! 칸을 모셔라! 후퇴한다!"

클레이튼은 카라얀을 부축해 뒤로 빠졌다. 친위대가 퇴로를 확보하고 추격을 막았다.

"놈이 도망간다!"

"쫓아라! 놓쳐선 안 돼!"

쐐애애애액.

도망가는 카라얀의 친위대를 향해 화살비가 내렸다. 하지만 숲에서 화살의 위력은 그다지 효과적이지 못했다.

"젠장! 다 잡았는데."

"아깝습니다. 조금만 빨랐어도 발록 님께서 목을 따셨을 텐데. 이런 기회가 흔히 있는 건 아니었는데 말입니다."

"이번에도 실패했으니 칸께서 노여워하실 텐데. 후우우우."

발록은 긴 한숨을 내쉬었다. 카라얀의 상태가 좋지 않다는 걸 알고 철저히 준비해 기습했지만 결과는 좋지 못했다. 칸베르무스의 인내심이 그리 크지 않다는 걸 생각하면 과연 다음 기회를 얻을 수 있을지 자신할 수 없었다.

하지만 카라얀의 정체를 알게 된 건 큰 수확이었다. 지금껏 카라얀이 어떤 인물이었는지 철저히 숨겨져 있었기 때문이다.

$$* \qquad * \qquad *$$

잠시 이성을 잃었던 카라얀은 제정신을 찾고는 은거지로 돌아왔다.

"칸! 이제 얼마 남지 않았습니다. 곧 게이트가 열립니다."

"둘이 있을 때는 그 칸이라는 말 좀 삼가지."

카라얀은 언짢은 표정을 지었다. 너도 나도 칸이라 떠받드는 게 별로 달갑지 않은 탓이다.

"이제 예전의 대장님이 아니십니다. 받아들이십시오. 모두들 칸으로 받들지 않습니까?"

"좀 거북하군."

"이곳은 알카스입니다. 제각각의 인간들이 모여 있고 대부분은 몇 번을 처형당해도 모자랄 흉악범입니다. 그들을 통제하기 위해서는 칸이라는 자리가 반드시 필요합니다. 알카스의 폭군 베르무스에 대항할 마음을 품을 수 있는 것도 칸께서 그를 처단할 수 있다는 믿음이 있기 때문입니다."

카라얀은 칸이라는 칭호를 싫어했지만 클레이튼은 절대 양보하지 않았다. 베르무스에 맞서자면 선택의 여지가 없는 것이다. 만일 카라얀이 약한 모습이나 다른 이들과 다르지 않다는 평범함을 보이게 되면 수하들은 빠르게 이탈할 것이다.

"호칭 문제는 넘어가고. 그래. 가능성은 어느 정도로 보지?"

"희박합니다."

"역시 그렇군."

카라얀의 표정이 어두워졌다. 카라얀 역시 이곳에서 십 년을 지내는 동안 나름대로의 계획을 세웠다. 하지만 성공할 가능성이 거의 없다는 게 문제다.

"성공하기 위해서는 몇 가지 전제가 필요합니다. 우리 힘만으로는 불가능한 일입니다."

클레이튼은 이번 계획이 아무래도 불안했다. 너무 막연한 탓이다. 계획을 세우기에는 아는 게 부족했고 이후의 대처 방

안 등 제대로 준비할 수 없다는 게 가장 큰 문제였다.

"그 몇 가지 도움을 받고 적절한 운이 따라준다고 해도 가능성은 거의 없겠지?"

"그렇습니다. 하지만… 어쩌면 공연한 일이 될 수도 있습니다."

"그래도 이곳에서 언제까지나 저들을 죽이며 살아가는 건 의미가 없잖아?"

"물론입니다."

카라얀은 알카스를 떠날 생각이다. 하루하루 죽이고 또 죽여가며 십 년을 살아왔다. 처음엔 살기 위해 죽였고 그다음부터는 왜인지도 모르고 죽여왔다.

이건 도저히 인간의 삶이라고 할 수 없었다.

"그런데 정말 믿을 수 있겠습니까? 전 아무래도……."

"믿을 필요는 없다. 그자에겐 우리가 필요하고 우리 역시 그자가 필요하니까. 믿음보다는 그게 오히려 더 믿을 만하지 않나?"

"하긴 그렇습니다. 정작 믿었던 자들에게 배신당한 마당에 제 생각이 짧았습니다."

카라얀의 말은 틀리지 않았다. 믿음 같은 추상적인 것에 목숨을 거는 게 얼마나 어리석은 일인지 절실히 깨닫지 않았던가.

가장 배신하지 않는 사람은 나를 필요로 하는 사람이다.

적어도 내가 필요 없어지는 시점까지는 배신하지 않기 때문이다.

"그자가 적극적으로 협조해 준다면… 성공 가능성도 그만큼 높아지리라 생각합니다."

"비록 아무것도 얻지 못하고 죽게 되더라도 시도는 해봐야겠지. 내가 아직 기억이 남아 있을 때."

카라얀은 어느새 십 년 전의 일들이 가물가물했다. 그렇게 잊지 않으려 되새겼지만 마음은 거부한다. 잊고 싶은 것이다. 기억할수록 가슴이 찢어지는 것 같기에 이성은 기억하려 해도 마음이 거부한다.

알카스에 더 있게 된다면 이제는 기억하고 싶어도 기억할 조각조차 남지 않게 될 것이다.

"만일 나가시게 된다면… 선택하셔야 할 겁니다. 지키는 삶과 파괴하는 삶 중에서 말입니다."

클레이튼은 비장한 표정으로 말했다.

세간에서는 카라얀을 사신이라 부르며 두려워했지만 클레이튼은 알고 있었다. 카라얀이라는 인간이 얼마나 여리고 약한 존재인지.

작은 일에 감동하고 사랑하는 이들을 보며 행복해하는 소박한 사람이라는 것을.

아르테미스 결사대는 수많은 공을 세웠고 숱한 사람들을 죽여왔지만 언제나 표적 외의 인물은 건드리지 않았다. 죽일 수밖에 없는 인물로 한정해 왔고 최대한 주변의 눈에 띄지 않고 일을 처리했다.

그것이 오히려 사람들에게는 공포로 다가온 것이다. 조금 전까지만 해도 웃고 떠들던 사람이 누구도 눈치채지 못한 상황에서 숨이 끊어진다면 그 자체로 공포가 될 수밖에 없기 때문이다.

"바깥세상에서도 여기에서처럼 죽이고 또 죽여야 한다는 건가? 하긴. 사람 사는 데가 다 똑같지."

카라얀은 태연하게 말했지만 그의 눈동자는 무척이나 슬퍼 보였다.

"무얼 택하든 저는 따를 뿐입니다."

"일단은… 찾아야겠지. 어쩌면… 살아 있을지도……."

카라얀의 눈동자에 생기가 돌았다. 그가 지금껏 버틴 이유. 목숨을 걸고 알카스를 나가려는 이유. 카라얀은 지켜줘야 할 사람이 있었기 때문이다.

"그렇지 않을 겁니다. 그 아이는… 홀로 견딜 만큼 강하지 못합니다."

카라얀은 희망을 놓지 않으려 했지만 클레이튼은 이미 희망을 버린 듯했다. 도저히 십 년이 지난 지금까지 살아 있으리라 생각할 수 없었던 것이다.

마지막에 어떤 일을 당했는지 두 눈으로 보지 않았던가.

그건 카라얀도 마찬가지였다. 두 사람은 분명 그 장면을 똑똑히 보았다.

카라얀은 그때의 기억을 잊은 것인지 아니면 잊은 척하는 것인지 알 수 없었지만.

"자네 여동생인데도 잘 모르는군. 아이린은 강한 여인이다. 내 유일한 바람이 있다면 어떤 수모와 고통을 당하더라도 부디 살아만 있어 주는 것이다. 그렇게만 되어준다면 나는… 모든 원한을 잊고 오직 그녀만을 위해 살아갈 것이다."

카라얀은 아무것도 바라지 않았다. 세상에 대한 복수도, 부와 명예도 원하지 않았다.

단 한 사람. 자신이 사랑하는 여인 아이린이 살아 있어 준다면, 어떤 모습이라도 상관없었다.

"칸!"

클레이튼의 눈시울이 뜨거워졌다. 카라얀의 여인은 자신의 여동생이다.

두 사람은 처음 만남부터 서로에게 이끌렸고 클레이튼은 두 사람의 행복을 기원했다.

하지만 그로 인해 두 사람은 헤어 나오지 못할 절망 속에서 몸부림치게 되었다.

"너희의 희생을 저버리고 너무 내 욕심만 차리는 것 같군."

카라얀은 오직 자신의 행복만을 바라는 게 너무 이기적이라는 생각이 들었다.

모두 자신을 위해 목숨을 걸고 있다.

그런데 자신은 오직 아이린과의 행복만을 생각하고 있지 않은가.

"절대 그렇지 않습니다. 칸께서 그런 삶을 원하신다면 그렇게 사시면 됩니다."

"자네 말대로라면 난 지키는 삶을 선택한 것이군."

카라얀은 전자를 택했다.

두 사람의 행복을 망가뜨리고 수하들의 목숨을 앗아갔으며 이 지옥에 빠뜨린 자들에 대한 원망은 묻어두기로 했다.

"저도 아이린을 보고 싶군요."

클레이튼도 아이린이 환하게 웃는 모습이 떠올랐다. 불과 얼마 전 같았다. 생각하니 그날들이 너무도 그리웠다.

"클레이튼! 자네도 지켜야 할 사람이 있지 않나?"

"그녀는 아마도… 지킬 수 없게 되었을 겁니다."

카라얀의 물음에 클레이튼의 눈가가 촉촉해졌다.

클레이튼은 얼른 시선을 딴 데로 돌렸다.

카라얀에게 아이린이 있듯이 클레이튼에게도 사하라라는

아내가 있다.

카라얀을 제치고 먼저 결혼한 것이다.

한창 신혼을 즐겨야 할 때 클레이튼은 거사에 참여하게 된 것이다.

"속단하지 않는 게 좋아. 사람 일은 모르니까. 눈으로 확인하기 전까지는 말이야."

"저는… 견딜 수가……."

카라얀은 클레이튼이 희망을 잃지 않도록 위로했다.

하지만 클레이튼은 알고 있었다.

이미 사하라는 다시 만날 수 없는 사람이라는 것을. 카라얀만 모르고 있을 뿐이다.

클레이튼의 머릿속에는 아직도 사하라의 마지막 절규가 가득했다.

망자의 섬 알카스에서 십 년을 보냈지만 그것만큼은 절대로 잊을 수 없었다.

"함께 가지. 우리가 지켜야 할 사람들이 있는 곳으로! 반드시 기다리고 있을 거야."

카라얀은 반드시 알카스를 벗어나 바깥세상으로 돌아가리라 다짐했다.

해야 할 일이 있다.

모든 걸 잃더라도 반드시 만나야 하는 사람이 있다.

그걸 잊지 않기 위해 카라얀은 되새기고 또 되새겼다.

그마저도 잊게 된다면 더 이상 살아가는 의미조차 없어지기 때문이다.

제 2 장

믿음보다 강한 게 필요함이다

칸 베르무스는 카라얀을 굴복시키기 위해 단단히 벼르고 있었다.

알카스를 지배하며 전격적으로 움직인 일은 결단코 이번이 처음이다.

수천이 넘는 수하가 도열해 있다. 이곳의 주민은 곧 병사다. 싸울 힘이 없거나 병든 자들은 사냥을 하고 농사를 짓는다.

이곳 알카스가 죄수의 섬이 되기 전의 원주민들은 죄수에게 식량과 노동력을 제공하는 대가로 생활을 연명하게 되었다.

힘이 없는 죄수 역시 원주민과 같은 취급을 받아 거의 노예 수준으로 착취를 당했다.

나머지 힘이 있는 자들은 모두 싸울 준비가 되어 있는 병사다.

"칸! 이번에야말로 애송이를 잡아 본보기를 보여주셔야 합니다. 알카스가 누구의 것인지를."

베젤은 베르무스가 이번 공격으로 알카스를 다시금 통일하리라 믿었다.

"암. 그래야지. 그깟 놈이 내 자리를 넘봐? 그놈의 목을 쳐 효수할 것이다."

베르무스도 카라얀에게 질 것이라는 생각은 조금도 하지 않았다. 많은 죄수가 카라얀이 베르무스를 처단할 수 있을 것이라 믿고 있지만 베르무스는 카라얀에 대한 소문을 그저 과장 정도로 치부하고 있었다.

"발록! 칸을 잘 보좌해 지금까지의 실수를 만회하길 바라네."

"흥. 네가 걱정 안 해도 알아서 잘할 테니 신경 쓰지 마라."

베젤의 충고에 발록은 손을 뿌리치며 얼굴을 찌푸렸다. 한 칼이면 목이 떨어질 놈이 베르무스에게 잘 보여 이인자 노릇을 하는 게 영 못마땅했기 때문이다.

베젤은 무력보다는 머리를 쓰는 인물이었고 바깥세상에서부터 베르무스의 참모를 맡아온 인물인데 반해, 발록은 이곳 알카스에서 베르무스의 눈에 띄어 중용된 전사 출신이다.

"내가 가야 하는데 아무래도 불안해서 말이지."

"뭐라? 이놈이 보자보자 하니까."

발록은 대놓고 자신을 무시하는 베젤로 인해 잔뜩 화가 치밀었다.

걸핏하면 자신을 무능력자 취급하는 그 입을 찢어버리고 싶은 마음이었다.

"칸! 제가 곁을 지켜야 안심이 될 것 같습니다. 차라리 발록을 남겨두심이 어떻습니까?"

베젤은 발록으로는 불안했는지 자신이 베르무스의 곁을 지키고자 했다. 발록은 강할지 모르지만 단순하고 멍청해 적의 함정에 걸려들 가능성이 높았기 때문이다.

"배젤! 정녕 나를 무시할 참이냐?"

베르무스의 앞이라고 해도 더 이상은 참을 수 없었다. 발록은 당장이라도 베젤에게 한 칼 휘두를 기세였다.

"곧 게이트가 열리고 메신저가 올 것이다. 어쩌면 내가 늦을지도 모르니 네가 맞아야겠지."

베르무스는 고개를 저었다. 다른 건 몰라도 메신저를 맞는 일은 이곳에서 가장 중요한 일이다. 메신저는 바깥세상에서 오는 자들로, 알카스에 들어오는 자들과 함께 필요한 물품을 제공하고 있다.

보기 싫은 자들을 알카스에 가둬주는 대신 이곳에서 구할 수 없는 물품을 대가로 지급하는 셈이다.

일 년에 한 번이지만 알카스에서는 큰 행사나 다름없었다. 특히 베르무스가 좋아하는 술과 각종 말린 음식들은 절대로 포기할 수 없는 별미였다.

"메신저를 맞는 거야 까다로운 일도 아니고 굳이 제가 없어도……."

"이놈은 단순해서 말이야. 제법 힘은 쓰지만 메신저와 싸우기라도 한다면 여간 골치 아픈 게 아니거든."

베젤은 어떻게든 베르무스와 함께하고 싶었지만 베르무스에게 발록은 그다지 믿음직한 인물이 아니었다. 전투라면 몰라도 사람을 다루거나 행정 전반에 걸친 일을 시키기에는 머리가 너무 딸린 것이다.

"칸! 아무리 그래도 제가 메신저와 싸우겠습니까? 절대 그런 일은……."

발록은 얼굴이 벌겋게 달아올라서는 어쩔 줄을 몰랐다. 베르무스에게 대들 수도 없는 일이 아닌가. 무엇보다 베젤 앞에서 무식한 취급을 받는 것만큼은 자존심이 상한 것이다.

"그래? 그럼 네가 남겠느냐?"

"아… 아닙니다. 저는 카라얀 그놈의 목을 따겠습니다. 이곳은 말재주밖에 없는 배젤이 남는 게 적절할 것 같습니다."

베르무스의 물음에 발록은 화들짝 놀라서는 손사래를 쳤다. 사실 메신저를 맞이하는 건 발록으로서도 피하고 싶은 일이다. 메신저라는 자들이 얼마나 거만한지 익히 알기 때문이다.

베르무스 말대로 어쩌면 그들을 쳐죽일지도 몰랐다.

"큭큭큭. 배젤! 네가 남아야겠다."

"명을 따릅니다."

"메신저는 바깥세상과 우리를 연결해 주는 유일한 고리. 최대한 예우를 해주어라."

베르무스는 단단히 당부했다. 이미 헤르메네스 왕가의 핏줄이 끊기고 새로운 왕조가 시작되었다는 건 알고 있었다. 하지만 그건 중요하지 않다.

한때 왕의 자리를 노렸던 베르무스지만 지금은 이곳에서 왕이 되지 않았던가. 바깥세상에선 누가 왕이 되든 일 년에 한 번 필요한 물품을 제공해 주기만 하면 되는 것이다.

그 대가로 그들이 영원히 가둬두고 싶은 자들을 받아줄 뿐이다. 그것이면 족하다.

"물론입니다. 우리가 받아야 할 것도 있으니 그들의 심기를 건드릴 필요는 없겠지요."

"잘 알고 있으니 내가 잔소리할 필요는 없겠지. 메신저를 맞이한 게 한두 번도 아니고."

"칸께서 돌아오실 때까지 잘 구슬려 놓겠습니다."

베젤은 베르무스를 안심시켰다. 발록은 몰라도 베젤에게 메신저를 맞이하는 건 어려운 일도 아니다. 메신저들도 다른 누구보다 베젤과 대화하는 게 편했다.

그나마 이곳에서 말이 제대로 통하는 사람은 베젤 정도였기 때문이다.

"아마 시간 내로 올 수 있을 것이다. 카라얀 그 애송이가 숨지만 않는다면."

"칸! 그동안 그 애송이가 설치기는 했지만 칸께서 직접 나섰다는 걸 안다면 아마 쥐구멍에라도 숨지 않겠습니까?"

"그런가? 하하하. 자넨 참 기분 좋게 해준단 말이야."

베젤의 한마디는 베르무스를 한껏 들뜨게 만들었다. 과연 발록의 말대로 말재주는 대단한 모양이다. 검 한 번 제대로 휘둘러 본 적 없는 인물이, 사람 목숨이 파리 목숨보다 가벼운 무법지대 알카스에서 굳건히 이인자의 자리를 지키는 것을 보면.

"무운을 빕니다."

"자! 주제 모르는 애송이를 사냥한다! 전군! 앞으로!"

"전군! 앞으로!"

칸 베르무스와 수천의 전사가 알카스를 청소하기 위해 진군을 시작했다.

알카스 구석구석을 돌며 대항하는 자들은 제거하거나 노예로 삼게 될 것이다.

알카스에서는 오직 칸 베르무스를 따르는 자와 노예만이 존재할 뿐이다.

*　　　*　　　*

한편 카라얀 세력에서는 베르무스의 공격을 예상하고는 바쁘게 움직였다.

그의 움직임을 면밀히 주시하고 어디서부터 공격할지를 파악해 대응했다.

"칸! 베르무스가 전 병력을 이끌고 청소를 시작했습니다."

"역시 끝장을 볼 셈인가 보군."

카라얀의 표정은 별다른 변화가 없었다. 이미 예상한 일이었기 때문이다.

"위기의식을 느끼지 않겠습니까? 이번은 지난번과는 차원이 다릅니다. 정말로 끝을 볼 생각인 듯합니다."

클레이튼은 굳은 얼굴로 말했다.

"준비는?"

"이미 대부분의 병력을 배치해 두었습니다. 베르무스를 막을 자들 역시 준비가 끝났습니다."

"많이들 죽겠군."

카라얀의 표정이 어두워졌다. 남은 수하들이 베르무스와 맞선다는 건 죽으러 가는 것이나 다름없었다.

알카스의 전사는 바깥세상의 기사와는 차원이 다르다. 이들은 오직 생존을 위해 하루도 빠짐없이 사투를 벌여 살아남은 자다. 아무리 약한 자도 제각각 한 수 정도는 가지고 있었다.

바깥세상에서는 검귀라 불린 자부터 암살의 대가, 무자비한 살인마 등등 누군가를 죽이는 데 일가견이 있는 자가 대부분이다.

그런 자들을 손아귀에 넣고 지배하는 칸 베르무스는 분명 얕볼 수 없는 상대였다.

많은 죄수가 카라얀 쪽에 합류했지만 그 역시 베르무스와의 승부에는 모든 걸 걸어야 한다. 하지만 지금 카라얀의 관심사는 따로 있다. 이곳 알카스를 벗어나는 게 그의 유일한 목표였다.

"어쩔 수 없는 일입니다. 무언가를 얻기 위해서 희생은 불가피한 것입니다."

클레이튼은 혹시라도 카라얀의 마음이 바뀔까 눈치를 보며 조심스레 말했다.

"알고 있다. 마음 쓰지 마라. 나 역시 독해지기로 했으니까. 그 어떤 희생을 치르더라도 나는 나가야겠다."

"반드시 그렇게 될 것입니다."

카라얀도 오늘만큼은 평소와 달랐다.

수하들의 희생에 대해 예민했지만 클레이튼의 말대로 어쩔 수 없는 일이다. 중요한 건 이곳 알카스에서 벗어나는 것이 아닌가.

"칸! 베르무스의 병력이 돌산을 넘었다고 합니다. 속도가 예상보다 빠릅니다. 서두르셔야 합니다."

이때 친위대 발칸이 다급하게 들어왔다. 베르무스의 발을 묶어야 할 자들이 너무나 쉽게 당한 것이다. 그만큼 베르무스의 전력이 막강하다는 반증이다.

"다들 각오는 되어 있겠지?"

"맡겨주십시오."

"좋다. 가자."

카라얀은 마음을 굳게 먹고는 자리에서 일어났다. 이제 오랜 시간 준비해 온 결말이 다가오고 있었다.

                              *   *   *

  칸 베르무스의 본거지인 베들레 성은 최소한의 경비만이
남아 있었다. 말이 성이지, 주변은 돌 대신 목책으로 담을 둘
렀다. 하지만 꽤 높고 두터웠을 뿐 아니라 목책 주변에 파인
해자로 인해 직접 공략하기는 어려웠다.

  "여기서 뭐하는 거냐?"

  "예? 보초를 서고 있는뎁쇼?"

  베젤의 물음에 보초는 고개를 갸웃하며 대답했다. 너무나
당연한 걸 묻기 때문이다.

  "칸께서 전 병력을 이끌고 사냥을 나가셨다. 지금쯤 다들
숨느라 바쁠 텐데 여기서 보초를 서서 어쩌겠다는 거냐? 설마
그놈들이 여길 공격이라도 할 것 같으냐?"

  "그게……."

  베젤은 엄한 목소리로 나무라듯 말했다. 보초는 잔뜩 주눅
이 들어서는 어쩔 줄을 몰랐다.

  베젤은 알카스의 이인자였고 그의 한마디면 자신은 언제
든 목이 달아날 수 있기 때문이다.

  "여기서 제일 중요한 곳이 어디냐?"

  "그야 항구입죠."

  "여긴 연락병 셋 정도만 남기고 항구로 가라! 어서!"

"엡!"

보초는 말이 떨어지기가 무섭게 나머지 경비들을 모조리 불러들여 게이트로 향했다. 이유는 중요하지 않다. 베젤이 하라고 했으니 하면 되는 것이다. 그것이 살길이다.

"문을 열어라!"

드드드드드.

거대한 나무로 만들어진 문이 열렸다. 두 명의 병사가 도르래의 원리를 이용해 낑낑대며 돌리고 있었다.

"잠시 다녀올 테니 열어두도록!"

"엡!"

베젤은 문을 나와 숲을 향했다. 병사들은 베젤이 어딜 가는지 묻지도 않았고 궁금해하지도 않았다. 칸 베르무스의 신임이 크다는 걸 아는 이상 베젤의 눈 밖에 나는 일을 할 만큼 멍청하지 않은 것이다.

삐익. 삐이익.

뚜릅. 뚜릅.

베젤이 새소리를 내자 숲 한쪽에서 다른 새소리가 들려왔다. 잠시 후 클레이튼이 모습을 드러냈다.

"칸께서는?"

"저쪽에."

"가지."

"잠깐! 혹시 미행이 있는지 잘 살피고 경계를 철저히 하라."

클레이튼은 수하들에게 뒤를 살피도록 지시했다. 표정이 안 좋은 게 불안해 보였다.

"훗. 의심이 많군. 뭐, 이해는 하네."

베젤은 클레이튼의 반응에 의미심장한 표정을 지었다. 칸 베르무스의 가장 신뢰받는 이인자가 카라얀에게 협조한다는 게 쉽게 믿어지지 않을 것임을 알기 때문이다.

"만일 배신한다면… 결코 살아남지 못할 것이오."

클레이튼은 무서운 표정으로 경고했다. 이미 돌이킬 수 없는 상황에 이르렀지만 여전히 베젤을 신뢰할 수 없는 것이다.

"자네 마음대로 하게."

"크흠. 따라오시오."

베젤은 클레이튼이 뭐라 하든 별 신경 쓰지 않는지 여유로웠다. 오히려 클레이튼이 무안한 표정이 되어 그를 안내했다.

"칸을 뵙습니다."

베젤은 카라얀에게 공손히 인사를 했다.

"지키는 병력은?"

카라얀은 별다른 인사 없이 무뚝뚝하게 물었다.

"백여 명이 전부입니다. 입구에는 셋이 있고 나머지는 항구를 지키는 중입니다."

"수월하겠군."

"무혈입성이지요."

"결국 약속을 지켰군."

카라얀은 재밌다는 표정으로 베젤을 보았다. 베젤이 은밀히 자신을 찾아온 것은 삼 년 전. 그로부터 지금까지 착실히 준비해 온 것이다. 서로 간의 교류는 거의 없었다.

처음에 한 약속대로 카라얀은 세력을 넓혀갔고 때가 되어 둘은 다시 만난 것이다.

수하들 모두가 반대했지만 카라얀은 베젤과의 약속을 이행했고 베젤 역시 약속을 지킨 셈이다. 물론 아직까지는 확신할 수 없지만.

"물론입니다. 말씀드리지 않았습니까? 각자의 역할을 해내면 반드시 성공할 것이라고."

베젤은 확신에 차 있었다. 이런 결과를 충분히 예상한 듯했다.

"한 가지 묻겠소. 지금도 이인자의 자리에 있으면서 굳이 우리를 돕는 이유가 무엇이오?"

클레이튼은 아무래도 베젤을 신뢰하기 힘든 모양이다. 보다 확실한 대답을 듣기 전에는 아무래도 불안했다.

"만일 칸 베르무스의 자리를 노리는 게 전부였다면 내가 도울 일은 절대로 없었을 것이네. 자네 말대로 내가 더 이상 얻을 게 없기 때문이지."

"당신 역시 알카스를……."

클레이튼은 왜 아쉬울 것 없는 베젤이 위험을 무릅쓰는지 비로소 이해할 수 있었다.

단지 카라얀을 알카스의 지배자로 만들려는 게 아니다. 그는 함께 가고 싶은 것이다.

알카스에서 왕이 되든 이인자가 되든 이미 마음이 떠난 사람에게는 아무런 의미가 없다.

"바로 그렇네. 이곳에서 이인자가 된들 무슨 낙이 있을까. 개똥밭에 굴러도 이승이 낫다고 난 바깥세상에서 사람답게 살 생각이네. 아니. 꼭 해야 할 일이 있다고 하는 게 맞겠지."

베젤의 얼굴에는 순간 살기가 감돌았다 사라졌다. 꽤나 깊은 한이 남아 있는 듯했다.

"당신은 항구의 출입도 자유롭다고 들었소. 굳이 우리의 도움 없이도 기회만 잡으면 나갈 수 있을 텐데?"

클레이튼은 아직도 베젤을 완전히 믿지는 않았다. 베젤 정도라면 굳이 충돌 없이도 게이트를 빠져나갈 기회를 엿볼 수 있다고 생각한 것이다.

"후후. 그리 생각하는가?"

베젤은 클레이튼의 물음에 그저 웃을 뿐이다.

"난 아직도 당신을 믿을 수 없소. 왜 우리를 돕겠다고 하는지. 당신 한 몸쯤은 쉽게 빠져나갈 수 있다고 생각하오."

"항구는 그렇다 치고 게이트까지 무슨 수로 갈 텐가? 알다시피 배는 물론 뗏목조차 금지되어 있네. 눈에 띄지 않고 바다에 띄울 수도 없다는 말이네. 아니, 운 좋게 뗏목을 띄워 게이트를 통과했다고 치지. 그다음은? 자넨 바로 바깥세상이라고 생각하는가?"

"그건… 나도 모르오."

클레이튼은 대답할 수 없었다. 게이트의 존재는 알아도 그게 정말 바깥세상으로 통하는지, 얼마나 가야 하는지에 대한 정보는 전혀 알려지지 않은 탓이다.

"전에도 말했지만 진짜 어려운 난관은 칸 베르무스를 따돌리거나 그와 맞서는 게 아니네. 게이트에 도달할 때까지의 위험과 게이트를 통과한 후 맞닥뜨릴 어려움이지. 결코 혼자서 해결할 문제가 아니야. 알카스를 망자의 섬이라고 부르는 데는 다 이유가 있는 법이지."

베젤은 알카스를 벗어나는 게 얼마나 위험천만한 일인지 이야기했다.

그는 게이트에 대해서 꽤나 자세히 아는 듯했다. 그렇기에 더욱 신중한 것인지도 모른다.

"으음. 바다의 무법자 카르고스라면 호신석으로 물리칠 수 있다고 들었소."

클레이튼도 카르고스에 대해서는 알고 있었다. 섬에서 조금만 벗어나도 바로 카르고스의 밥이 된다는 건 알카스에 있는 자들이라면 누구나 아는 상식이다.

간혹 바다 건너에 바깥세상이 있을지 모른다는 생각에 무작정 멀리 헤엄치는 자들이 있지만 얼마 가지 못하고 카르고스의 뱃속으로 들어가게 된다.

카르고스는 수심이 깊은 곳에 서식하지만 알카스의 죄수들은 바다에 발을 담그는 것조차 식겁할 만큼 두려워하고 있었다.

"자넨 호신석을 가지고 있나?"

"그건……."

클레이튼은 대답할 수 없었다.

"그럼 묻지. 배 한 척을 지키기 위해 얼마나 많은 호신석이 필요할 것 같은가?"

"모르오."

크레이튼은 이번에도 원하는 답을 주지 못했다. 베젤은 알카스의 일반 죄수들이 알고 있는 그 이상의 것을 묻고 있었다.

"그럼 게이트를 통과한 후 바깥세상까지는 얼마나 걸릴 것 같은가?"

"모르겠소."

이번에도 클레이튼은 제대로 된 대답을 하지 못했다. 게이트의 비밀은 물론, 알카스와 바깥세상이 어떻게 연결되어 있는지 아는 사람은 거의 없다.

칸 베르무스 외에 베젤 정도가 전부일 만큼 알카스는 철저히 숨겨져 있는 곳이다.

"모르는 것투성이군. 대체 아는 게 뭔가?"

"그걸 내가 어찌 알겠소?'

베젤이 비아냥대듯 묻자 클레이튼의 반응도 좋진 않았다.

"물론 모르겠지. 그러니 조용히 있으라는 말이네. 날 의심한다고 자네가 뭘 할 수 있는 건 아니니까."

"크흠."

베젤은 나무라듯 말했지만 맞는 말이다. 클레이튼도 그걸 알기에 반박할 수가 없었다. 여기서 베젤을 배제한다면 알카스를 벗어나는 것은 불가능한 것이다.

"그쯤 했으면 알아들었을 것 같군."

가만히 지켜보던 카라얀이 한마디 했다.

"제가 말이 좀 많았습니다."

"아니. 필요한 말이었다. 우리에게 자네가 얼마나 필요한 사람인지 이제 다들 알 것이야. 믿든 안 믿든 자넨 꼭 필요한 사람이라는 말이지. 후후."

"그리 생각해 주시니 감사드립니다, 칸."

카라얀은 베젤이 앞으로도 함께할 사람이라는 걸 모두가 깨닫게 하기 위해 가만히 지켜본 것이다. 결과는 생각대로다.

베젤이 신뢰할 만한 인물인지 아닌지는 전혀 중요하지 않다. 베젤의 도움이 없다면 절대로 알카스를 빠져나가지 못한다는 게 중요하다.

카라얀은 그 점을 알려주고 싶었던 것이다. 베젤 역시 카라얀의 그러한 의도를 명확히 파악하고 있었다.

"게이트가 열리기까지는 얼마나 남았지?"

"내일 정오에 열립니다. 그리고 하루 동안 유지됩니다."

"베르무스는 그 안에 도착하겠지?"

"아마도 그럴 것입니다. 하지만 거의 시간에 임박해서야 돌아올 것입니다. 이번엔 칸을 반드시 잡으려 할 테니까 말입니다."

베젤은 베르무스가 도착할 시간까지도 어림잡아 짐작하고 있었다.

너무 빨리 돌아온다면 지금까지의 계획이 수포로 돌아갈 수도 있다.

전면전을 건의해 섬 전체를 돌며 사냥하라고 부추긴 것도 바로 그 때문이다.

가장 좋은 상황은 전부 게이트를 통과한 후에 베르무스가 돌아오는 것이다.

"다른 준비는?"

"모두 마쳤습니다. 배만 있다면 말입니다."

여기서부터는 카라얀의 몫이다. 약속대로 배를 준비했다면 베젤의 계획은 완벽했다.

"다섯 척을 준비했네."

"오. 생각보다 많군요. 많아야 두 척 정도로 예상했는데 말입니다."

베젤의 표정이 밝아졌다. 베르무스의 눈을 피해 배를 건조하고 게이트와 가까운 이곳 숲까지 옮기는 건 사실 쉬운 일이 아니다.

단 한 번이라도 발각되는 날에는 모든 계획이 물거품이 되어버리기 때문이다.

그런데 두 척도 아니고 다섯 척이다. 이는 베젤의 예상을 훨씬 뛰어넘는 숫자였다.

"삼 년이라는 시간이 그리 짧은 건 아니지."

"그럼 약속된 장소에……."

"자네 말대로 등잔 밑이 어둡더군. 오늘 중으로 옮길 수 있을 것이야."

카라얀은 자신 있게 말했다.

베젤이 장소를 지정해 줬을 때만 해도 너무 위험하다고 판단했지만 베르무스의 본거지와 가까운 만큼 오히려 안전했다.

"인원은 얼마나 됩니까?"

"친위대 삼백."

"그… 그렇게나 많습니까? 모두 배에 탈 수는 있습니까?"

베젤은 꽤나 당황했다.

얼마나 큰 배를 만들었는지 몰라도 기껏해야 뗏목보다 조금 큰 수준일 텐데 삼백 명이라는 인원이 탈 수 있을지 의문이었다.

"후후. 다행히 배를 만들어본 자들이 많더군. 이런저런 누명을 쓰고 온 모양이야. 모두 타고도 여유가 있으니 걱정하지 않아도 될 것이다. 자넨 자네 일만 제대로 하면 돼."

카라얀은 베젤이 놀라는 모습에 웃음 지었다. 언제나 앞에 벌어질 일들을 정확히 예상하는 베젤이 이런 표정을 짓는 건 흥미로웠다.

"지금 접수하시겠습니까?"

"시간 끌 이유는 없겠지. 친위대는 나를 따르라. 나머지는 배를 옮긴다."

"명!"

카라얀은 친위대를 이끌고 성문으로 향했다.

다시는 돌아갈 수 없다고 여겼던 세상을 향해 드디어 첫발을 내디딘 셈이다.

제 3 장
망자들의 가슴 시린 이야기

베젤은 카라얀과 친위대와 함께 성문으로 향했다. 성문을 지키던 세 명의 연락병은 당황하며 서로를 바라보았다. 나갈 때는 분명 혼자였는데 수백 명의 무장한 자가 함께 오는 것이다.

"다녀오셨습니까? 뒤에 있는 분들은……."

연락병은 조심스레 눈치를 보며 물었다.

"죽고 싶나 보구나."

"아. 아닙니다요. 살려주십시오."

베젤의 엄한 목소리에 연락병은 잔뜩 겁을 먹었다. 베젤은 알카스의 이인자였고 기분에 따라 하급 병사 한둘은 언제든 죽일 수 있는 위치에 있다.

베젤이 배신을 했건 안 했건 따져볼 필요도 없었다. 자신을 죽일 수 있다는 건 변함이 없기 때문이다. 살기 위해서는 그저 고개를 처박고 빌어야 한다.

"무기를 내려놓고 순순히 따른다면 살려줄 것이다."

챙그랑.

연락병들은 대항할 엄두조차 내지 못하고 곧바로 무기를 버리고는 꿇었다.

"나머지는 게이트 쪽에 있네. 도망갈 곳이라고는 바다밖에 없으니 자네가 알아서 하게."

"알겠소. 항구로 가자."

클레이튼은 친위대를 이끌고 게이트로 가는 항구로 향했다. 게이트로 가기 위해서는 반드시 항구를 거쳐야 한다. 그곳에서 이어지는 길이 그나마 바다의 무법자 크로노스 무리가 가장 적은 곳이라고 알려졌기 때문이다.

"웬 놈들이냐?"

항구에서 쉬며 잡담 중이던 경비들은 친위대를 발견하자 긴장하며 창을 움켜쥐었다.

"칸 카라얀 님의 친위대!"

"허억. 어떻게 네놈들이 여기에……."

클레이튼의 소개에 경비는 심장이 철렁 내려앉았다. 베르무스의 본거지인 베들레성 한복판에, 그것도 가장 중요한 곳인 항구에 카라얀의 친위대가 나타났으니 혼이 나갈 만큼 놀랄 수밖에 없다.

"무기를 버리고 항복하면 살려주겠다. 하지만 대항한다면 모조리 죽인다."

클레이튼은 사나운 눈빛으로 위협했다. 기왕이면 무의미한 피를 흘리지 않고 베들레 성을 접수하기 위함이다.

"흥. 감히 여기가 어디라고. 이러고도 무사할 것 같으냐?"

똥개도 집에서는 반은 먹고 들어간다고, 하급 병사인 경비들이라지만 싸울 기세를 내비쳤다.

"네놈들이 걱정해야 할 건 우리가 아니라 네놈들 목숨이다. 베르무스가 네놈들을 구해줄 수 있을 것 같지는 않은데? 그자를 위해 죽겠다면 할 수 없지."

스르르르릉.

클레이튼은 더 이상 말이 필요 없다고 판단했는지 검을 빼들었다. 순간 친위대의 기세도 확연히 달라졌다. 먹이를 눈앞에 둔 맹수의 그것과 다르지 않았다.

"자… 잠깐……."

그렇지 않아도 친위대에 대한 소문들로 위축되어 있던 경비들은 막상 친위대의 기세가 달라지자 움츠러들었다. 상급의 전사들도 친위대에게 얼마나 많은 피해를 입었던가.

자신들의 상대가 아니라는 걸 깨달은 것이다.

"셋을 세겠다. 정 항복하기 싫으면 바다로 뛰어들어도 좋다."

클레이튼은 나지막한 목소리로 또박또박 숫자를 세나갔다.

"허억."

"하나!"

챙그랑

"항… 항복하겠소. 살려주시오."

경비는 채 둘을 세기도 전에 무기를 바닥에 던져 버렸다. 친위대에게 죽는 것보다 더 무서운 게 바다로 들어가는 것이다. 알카스에서는 누구도 바다에 발을 담그지 않는다.

그만큼 크로노스에 대한 공포가 큰 탓이다. 알카스에서 탈출하려는 시도를 하지 않는 가장 큰 이유이기도 했다.

*   *   *

베젤 덕분에 베들레 성은 칼 한 번 휘두르지 않고 고스란히 넘어왔다. 베르무스가 섬 전체를 돌며 사냥을 하는 동안 본거지는 너무도 쉽게 털린 셈이다.

"베젤! 메신저들의 숫자와 규모는 얼마나 되지?"

"매번 다릅니다. 알카스에 보내는 죄수의 수가 얼마나 되는지에 달렸습니다. 그 외에 필요한 물품을 실은 배가 한 척입니다. 하지만 정확한 건 알 수 없습니다. 이곳으로 오는 길이 워낙 험난해 열 중 일곱, 여덟은 죽게 되니까요. 그런 가능성을 다 감안하면 메신저는 한두 명이 고작일 겁니다. 물론 메신저 한 명당 배 한 척입니다."

"병력 규모는?"

"배의 숫자에 따라 다르겠지만 메신저를 호위하는 기사는 배 한 척당 삼십 명 내외입니다."

"생각보다 적군."

베젤의 보고에 카라얀은 마음이 놓였다. 보통 배는 두세 척 이상은 오는 게 기본이다. 배에는 대륙의 각종 죄수가 타고 있다. 그들을 통제하기 위해서 꽤나 많은 인원이 있을 줄 알았는데 삼십 정도라면 친위대로 여유 있게 처리할 수 있는 숫자다.

"서로 간의 필요에 의해 거래를 하는 만큼 무력을 사용할 일은 없으니까요."

"하긴. 그럼 우리가 그들의 배를 장악하는 것도 가능하겠지?"

카라얀은 처음의 계획을 변경해 메신저의 배를 이용할 생각이었다. 비록 다섯 척을 만들기는 했지만 장비나 여러 가지 부족한 게 많아 메신저의 배와는 비교가 되지 않는다.

그들의 배를 이용할 수만 있다면 친위대뿐만 아니라 다른 수하까지도 상당수 데리고 갈 수 있다.

"글쎄요. 그건 저도 장담하기 어렵습니다."

베젤은 이번 제안에 대해서는 부정적이었다. 애초에 배를 만들라고 했던 것도 메신저의 배를 건드리지 않는 걸 전제로 한 것이다.

"삼십 정도라면 친위대로 충분히 제압할 수 있을 텐데? 배에 있는 병사들이야 전투력이 그다지 높지는 않을 것이고."

"호위 기사들과 병사들을 제압하는 건 큰 문제가 아닙니다."

"그럼 뭐가 문제지?"

카라얀은 베젤이 부정적인 이유를 이해하지 못했다. 베르무스가 돌아오기 전이라면 메신저의 배를 빼앗아 탈출하는 게 그리 어려운 일은 아니었기 때문이다.

"그들을 제압한다고 해도 메신저들을 부리기는 어렵습니다. 그들이 협조하지 않으면 알카스를 벗어나는 것은 물론, 살아서 바깥세상에 나아가는 건 불가능한 일입니다."

베젤은 메신저가 카라얀의 지시에 따르지 않을 것으로 보았다. 괜히 그들을 건드려 봐야 아무런 득이 되지 않았다.

"누구나 목숨은 아까운 법이지."

카라얀은 메신저들도 다른 사람들과 마찬가지로 보았다. 목숨은 하나였고 목에 칼을 들이대면 말을 듣게 마련이다. 세상에 목숨보다 소중한 건 없기 때문이다.

"그들은 절대 위협에 굴복할 자들이 아닙니다."

하지만 베젤은 여전히 단호했다. 메신저만큼은 절대 협박으로 부릴 수 있는 자들이 아니라고 본 것이다.

"그들이 없다 해도 자네가 있지 않나?"

카라얀은 베젤의 말이 이해가 되지 않았지만 별 관계는 없었다. 그들을 길잡이로 쓰지 않아도 베젤이 그 역할을 하면 되는 것이다. 카라얀에게 메신저는 그리 중요한 존재가 아니었다.

단지 일 년에 한 번 게이트가 열리고 메신저와 마주칠 수밖에 없는 상황일 뿐이다.

"솔직히 말씀드리면 제가 할 수 있는 역할은 여기까지입니다. 제겐 호신석도 방향석도 없습니다. 또한 바깥세상으로 가는 방법도 모릅니다. 저는 칸을 메신저에게 안내할 수 있을 뿐입니다."

베젤은 솔직하게 자신의 능력의 한계를 이야기했다. 가장 중요한 순간을 앞두고 카라얀이 잘못된 판단을 하지 않도록 하기 위함이다.

"으음. 메신저의 도움이 반드시 필요하다?"

"그렇습니다."

베젤의 이야기에 카라얀의 표정도 살짝 굳어졌다. 애초의 계획엔 메신저를 이용하는 건 포함되어 있지 않았기 때문이다.

"저들이 협조하지 않을 거라고 확신하는 이유는?"

"메신저는 아무나 될 수 없습니다. 바깥세상과 알카스를 연결하는 유일한 통로를 지나는 자들입니다. 저들이 마음을 잘못 먹으면 수많은 죄수가 세상에 풀리게 됩니다. 그럼 바깥세상은 그야말로 아수라장이 될 겁니다. 이곳엔 몇 번을 처형당해도 모자랄 흉악범들과 반역을 꾀했던 자가 득실거립니다. 절대 이들과 타협할 수 없는 자여야만 하는 것입니다."

베젤은 메신저로 선택되는 자들에 대해서 이야기를 시작했다.

"메신저는 어떤 자들이지?"

카라얀도 메신저라는 자들에 대해서 궁금해졌다. 도대체 어떤 자들이기에 목숨을 위협해도 통하지 않는지 알고 싶어졌다.

"이곳으로 오기 전 가족들이 볼모로 잡힙니다. 만일 메신저가 다른 뜻을 품는다면 가족들은 몰살당하게 될 겁니다. 메신저들은 맡은 바 임무를 완수하고 돌아가야만 가족을 구할 수가 있습니다. 대신 돌아간 후에는 꽤나 후한 보상을 받지요."

"매년 가족들의 목숨을 담보로 한다……. 못할 짓이군."

베젤의 이야기에 카라얀도 메신저의 입장이 이해가 되었다. 자신의 목숨보다 더 소중한 것. 그것은 가족이다. 가족의 목숨을 담보로 긴 여행을 떠나는 것이다.

"그렇습니다만 그만큼 대가가 크기에 오는 것이지요. 자신의 신분으로는 평생을 모아도 구경할 수 없는 거금을 얻는 건 물론, 작위까지도 올라가니 계속할 수밖에 없는 것입니다."

베젤은 메신저를 위협해 도움을 받는 게 왜 불가능한지 이야기했다. 그들도 나름대로의 사정이 있는 것이다.

"메신저의 도움이 없이는 절대 나갈 수 없는 건 확실하군."

카라얀도 칼로는 메신저들을 부릴 수 없다는 걸 깨달았다. 자신이라 해도 죽으면 죽었지, 제 목숨을 건지기 위해 소중한 사람들을 희생시킨다는 건 생각할 수 없지 않은가.

카라얀은 고민에 빠졌다. 베젤 말대로라면 메신저는 절대 도움을 줄 리 없고, 메신저의 도움이 없다면 알카스를 탈출하는 건 불가능하기 때문이다.

"그들을 설득할 수 있겠나?"

카라얀은 아무리 고민해 봐도 메신저들의 마음을 돌릴 만한 게 생각나지 않았다. 베젤에게 답이 없다면 더 이상 나갈 수 없는 상태다.

"일단 생각해 둔 바가 있지만 자신할 수는 없습니다. 가능성은 반반입니다."

베젤은 처음부터 메신저를 염두에 뒀는지 그들을 설득할 만한 걸 가지고 있는 듯했다.

"우리에겐 선택의 여지가 없다. 베르무스가 돌아오기 전에 이곳을 떠나야 한다."

"알고 있습니다. 되돌아갈 수 없다는 걸."

"자넬 믿지."

이제 모든 건 베젤에게 달렸다. 카라얀은 베젤에게 모든 걸 맡기기로 했다. 자신이나 친위대가 할 수 있는 일은 적어도 메신저와 관련해서는 없기 때문이다.

"부탁이 있습니다."

"말하지."

"그전에 한 가지 물어도 되겠습니까? 솔직하게 말씀해 주십시오."

베젤은 심각한 얼굴로 물었다. 뭔가 중요한 이야기가 나올 것 같았다.

"말하지. 뭐가 궁금한가?"

카라얀은 순순히 들어주었다.

"알카스에서 나가려는 이유가 무엇입니까?"

"다 같은 이유 아닌가?"

"다 같지는 않습니다. 제가 알고 싶은 건 카라얀 님이 나가려는 이유입니다."

베젤은 눈빛부터 평소와는 달랐다. 굉장한 각오가 느껴졌다.

"으음. 왜 그걸 알고 싶지?"

베젤의 적극적인 모습에 카라얀은 살짝 당황했다. 클레이튼과도 얼마 전 나눈 이야기지만 카라얀은 이런 대화를 별로 좋아하지 않는다. 가장 원하지 않는 상황을 염두에 둬야 하기 때문이다.

"알카스에서 나간다는 건 목숨을 거는 일입니다. 제 목숨을 걸기 위해선 반드시 알아야 합니다."

"내 대답 여하에 따라서 결과가 달라지나?"

"그렇습니다. 목숨을 걸 가치가 없다고 판단되면 저는 여기에서 빠질 생각입니다."

베젤은 생각지도 못한 선언을 했다. 삼 년에 걸쳐 진행해온 계획을 이제 거의 이룬 시점에서 그만두려 하는 것이다. 베젤은 자신의 역할을 충분히 잘해주었다.

베젤이 아니었다면 이렇게 피해 없이 베들레 성을 점령할 수도 없었다. 카라얀은 베젤이 필요했고 베젤 역시 자신이 필요하다고 확신했다. 하지만 아닐 수도 있는 것이다.

베젤이 자신을 필요로 하지 않는 순간 언제든 배신할 수 있는 상황으로 바뀐 셈이다.

"되돌아가기엔 이미 늦었을 텐데?"

카라얀의 얼굴이 굳어졌다.

"늦지 않았습니다."

베젤은 뭔가 결심했는지 카라얀의 반응에도 동요하지 않았다.

"배신하겠다는 건가? 살아남을 수 있다고 생각하나?"

카라얀의 눈빛이 매서워졌다. 언제라도 그의 검이 베젤의 목을 벨 수도 있는 상황이다.

"친위대와 카라얀 님을 뿌리치고 달아날 수 있다고는 생각하지 않습니다. 저는 필히 죽겠지요."

베젤은 조금도 위축되지 않았다. 아니, 살려는 생각 자체를 포기한 사람 같았다.

"죽을 걸 알면서도 이러는 이유는?"

카라얀은 베젤이 갑작스레 이렇게 나오는 이유를 짐작할 수 없었다.

"차라리 죽는 게 낫기 때문입니다."

"이해를 못하겠군."

카라얀은 고개를 저었다.

"제가 여기서 나가려는 이유는 명확합니다. 하지만 그 이유가 사라진다면 나갈 필요가 없어집니다. 차라리 모든 걸 포기하고 잊겠습니다. 죽는다면 적어도 마음의 짐에서는 해방되겠지요."

베젤은 지금 죽음을 각오하고서 카라얀과 이야기하는 것이다. 어차피 목적을 이루지 못할 바에는 여기서 죽음을 맞이할 생각이었다.

"으음. 자네에게도 깊은 사연이 있나 보군."

"사연 없는 사람이 있겠습니까?"

"하긴. 알카스까지 흘러 들어온 인간이라면 그만한 사연은 있는 것이겠지."

카라얀은 베젤에게도 자신과 같이 가슴 깊이 새겨진 어떤 한이 있는 것처럼 느껴졌다.

"이제 말씀해 주십시오. 카라얀 님께서 목숨을 걸면서까지 탈출하려는 이유가 무엇입니까?"

"지켜줄 사람이 있다."

카라얀도 베젤의 각오를 알게 된 이상 말하지 않을 수 없었다. 여기서 말하지 않는다면 베젤을 잃게 된다. 그렇게 되면 알카스를 탈출하는 건 불가능하게 되기 때문이다.

"카라얀 님께서 알카스에 오신 지 십 년째입니다. 지금도 지켜줄 수 있다고 생각하십니까?"

"십 년이든 백 년이든 관계없다. 난 곁에 있어주고 싶다."

"그렇군요."

베젤의 얼굴이 어두워졌다. 원하던 대답이 아닌 모양이다.

"대답이 된 건가?"

"만일… 그분을 더 이상 지켜줄 수 없는 상황이라면… 여기서 나갈 이유는 없지 않겠습니까? 원하신다면 그분의 근황에 대해서 제가 알려드릴 수 있습니다. 물론 일 년 후에나 가능하겠지만."

베젤은 카라얀이 가장 궁금해할 대답을 해주었다. 만일 한 사람을 위해서라면 나가기 전에 그 사람이 생존해 있는지 어떻게 살고 있는지는 미리 알아두는 게 낫지 않은가.

굳이 자신이 지켜주지 않아도 되는 상황이라면 알카스를 탈출할 이유도 없어진다. 이미 잊혀진 존재가 나타난다는 게 오히려 그 사람에게는 부담이 될 수도 있는 일이다.

"메신저를 통해서?"

"그렇습니다."

"그런 방법이 있었군."

카라얀도 생각지 못한 일이다. 메신저를 통해 바깥세상의 일을 들을 수 있다는 건 알카스에서는 상상하기 힘든 일이다.

"아직 선택의 여지가 남아 있습니다. 만일 그분의 근황이 궁금하신 것이라면 제가 힘써드리지요."

베젤은 적극적으로 나섰다. 정말로 도와줄 수 있는 모양이다.

"아니. 이제 와서 돌이키기는 늦었다. 그보다 나는 내 눈으로 확인하겠다."

카라얀은 고개를 저었다.

몇 년 전이라면 모르지만 이미 알카스를 탈출하기로 마음먹은 이상 또다시 기다리고 싶지는 않았다.

더 있다가는 그녀에 대한 기억을 송두리째 잃어버릴 것 같아 두려운 것이다.

"그분과 함께하는 게 목적이시군요."

"그렇다. 네가 원하는 대답은 아닌 모양이군."

카라얀은 베젤의 반응을 통해 짐작했다. 이렇게 되면 베젤은 더 이상 함께할 수 없다는 것도.

"십 년이 지났습니다. 다른 가능성에 대해서는 생각해 본일이 있습니까?"

"으음. 생각하고 싶지 않군."

"그렇군요."

베젤도 더는 묻지 않았다. 카라얀의 마음을 알기 때문이다. 누군들 최악의 상황을 생각하고 싶을까. 베젤은 충분히 이해했다. 카라얀이 얼마나 괴로울지도.

이제 된 것이다. 더 이상의 물음은 무의미하다. 베젤은 자신의 목적을 이룰 수 없다는 걸 깨닫게 된 것이다. 허무하기도 하고 복잡한 감정들이 뒤엉켰다.

"만일… 내가 지켜줄 수 없는 상황이라면… 나는… 모두 없애 버릴 것이다. 빼앗고 파괴하고. 세상을 부숴 버릴 것이다. 가라. 살려주겠다. 여기서부터는 우리가 알아서 하지."

카라얀은 베젤의 목숨을 살려주기로 했다.

베젤과 더 이상 함께할 수 없다는 걸 안 이상 목을 베어야 했지만 어차피 게이트는 곧 열린다. 굳이 죽일 이유가 없다.

자신을 필요로 하지 않게 된 이상 함께할 수는 없지만 그의 깊은 한을 느꼈기에 놔주기로 한 것이다.

"끝까지 함께하겠습니다."

베젤은 무릎을 꿇더니 주군에 대한 예를 올리듯 정중하게 말했다. 하지만 그 목소리에는 결연한 의지가 강하게 묻어나왔다.

"네가 원하는 건 뭐지?"

베젤의 모습에 카라얀의 얼굴이 굳어졌다.

그가 원하는 건 자신이 원하는 것과 같으면서도 전혀 반대의 모습이다. 자신이 가장 원하지 않는 걸 베젤은 원하는 것이다.

"마찬가지입니다. 세상을 부숴 버리는 것."

베젤은 단호한 의지로 말했다. 그의 눈매는 마치 전사와도 같았다.

검도 제대로 휘두를 줄 모르는 인물이라고는 생각할 수 없을 만큼 강렬한 기세를 뿜어냈다.

"말했지만 가능성은 반반이다. 난 지키는 삶을 택하고 싶다."

카라얀은 베젤이 원하는 걸 알지만 안타까웠다. 그건 분명 자신이 원하는 것과는 반대다.

하지만 자신도 택해야 할지 모르는 선택이다. 알카스에서 탈출하기 전에는 어떤 선택을 할지 스스로도 알 수 없기 때문이다.

"카라얀 님께서 후자의 선택을 하게 되길 바라야겠군요. 제게는 카라얀 님의 힘이 필요하니까요."

베젤은 아직은 결정되지 않은 미래의 가능성만을 보고 카라얀을 따르기로 했다.

차후에 떠나더라도 지금은 카라얀과 그의 세력이 필요하다. 베젤 역시 카라얀의 깊은 한을 어느 정도는 느낀 듯했다.

"자넨 내가 가장 원하지 않는 최악의 상황을 기대하며 나와 함께하는군."

카라얀은 안타까우면서도 씁쓸했다.

현재 가장 필요한 사람은 자신의 불행을 필요로 한다.

그와 계속 함께하기 위해서는 자신이 절망에 빠져야만 한다.

"죄송합니다. 제가 죽기 전에, 아니, 죽어도 반드시 해야 할 일이 있기 때문입니다."

베젤의 얼굴에는 여러 가지 감정들이 스쳐갔다. 분노, 살기, 절망, 슬픔. 많은 감정들이 끊임없이 그를 괴롭힌다. 알카스의 망자들은 세상에서 잊혀졌지만 세상의 기억은 그들을 언제까지나 고통스럽게 만드는 것이다.

"말해줄 수 있나?"

카라얀도 베젤의 과거를 듣고 싶었다. 대체 얼마나 한이 되었기에 그 오랜 세월 이렇게까지 고통스러워하는지.

"제가 알카스로 오기 전에 마지막으로 본 것은… 이 두 눈에 각인된 것은……."

베젤의 입이 서서히 열렸다. 그의 목소리는 떨렸다. 눈을 점차 충혈되었고 어느새 촉촉해졌다.

"으음."

카라얀에게서 절로 신음성이 흘러나왔다. 그가 알카스에 온 지 이십 년. 자신의 두 배를 살아왔다.

그 긴 시간 동안 기억의 끈을 놓지 않았다는 게 신기할 정도다. 얼마나 가슴에 한이 맺혔을지 충분히 짐작할 수 있었다.

카라얀은 이야기에 점차 빠져들었다. 그의 삶과 고통, 그리고 한이 고스란히 전해졌다.

제 4 장

기회는 잡아야 한다

뿌우우우웅.

고동 소리가 길게 울리며 수평선 너머로 그림자가 모습을 드러냈다. 알카스에서는 절대로 발을 디딜 수 없는 곳. 무시무시한 공포로 얼룩진 파란 바다 위로 너무나 한가로이 다가오고 있었다.

"칸! 메신저의 배가 오고 있습니다."

"몇 척이지?"

"두 척입니다."

"배 두 척이 더 생긴 셈이군."

카라얀의 입꼬리가 올라갔다. 이미 메신저의 배까지도 자신의 것이라 생각하는 모양이다.

"두 척에 탈 수 있는 인원으로 보자면 우리 다섯 척을 합친 것보다 더 큽니다."

"잘됐군. 친위대만 데려가는 게 마음에 걸렸는데 말이야."

카라얀은 처음의 계획과는 달리 자신을 따르는 수하들까지 함께 바깥세상으로 데려가기로 했다. 자신이 나가고 나면 칸 베르무스에게 대부분 처형당하거나 노예가 되리라는 걸 알기 때문이다. 그들의 희생이 아니었다면 결코 지금과 같은 기회를 잡지는 못했을 것이다.

"이제 메신저를 어떻게 설득하느냐에 달렸습니다."

"평소와 다름없이 맞도록. 메신저와 호위기사들이 배를 비운 동안 친위대가 접수할 테니까."

"알겠습니다."

베젤은 과연 계획이 성공할지 가슴이 조마조마했다. 만일 실패한다면 지금까지의 모든 노력은 수포로 돌아간다. 또 칸 베르무스를 배신한 이상 살아남는다는 건 불가능하다.

베젤은 칸 베르무스에게 죽든 스스로 죽든 오직 죽을 일만 남아 있는 셈이다.

메신저를 태운 배 두 척이 도착했다. 그는 익히 알고 있는 얼굴이었다.

"어어! 베젤! 잘 있었는가?"

"라블레스 자작님! 어서 오십시오!"

라블레스는 십 년째 메신저로 알카스에 왔고 베젤과도 제법 친분이 쌓였다. 그의 옆에는 낯선 인물이 함께했다.

"인사하지. 이쪽은 베리컨 자작이네."

"어서 오십시오. 베리컨 자작님! 베젤이라고 합니다."

"반갑네."

베리컨 자작은 거만한 표정으로 간단히 답했다. 처음 메신저로 온 인물들이 그렇듯 베리컨 자작도 베젤을 단지 죄수로만 보는 것이다. 그와 이렇게 대화를 하는 자체가 불만인 모양이다.

"작년에 같이 오셨던 메이슨 자작님께서는 안 보이시는군요."

"그 친구는 운이 없었네. 아는지 모르겠지만 이곳으로 오는 길이 그리 녹록하지가 않거든."

라블레스는 얼굴을 찌푸렸다. 메신저라는 건 일종의 도박이다. 자신의 목숨을 배팅하는 것이다.

알카스로 오는 길은 그야말로 험난하기 그지없다. 알카스에 보내는 죄수들 치고 그저 그런 자들은 없다. 대륙에서도 혀를 내두를 정도로 지독한 자들이고 그 외의 정치범에도 반란을 도모했거나 왕족과 최고위 귀족이 포함되어 있다.

그들은 죄수가 되었지만 그들을 따르는 세력은 여전히 존재해 간혹 메신저의 배를 습격하는 일이 있다.

알카스에 도달하기 전 그런 자들의 습격으로 목숨을 잃는 메신저가 상당수다. 게다가 가까스로 목숨을 건졌다고 해도 알카스로 오는 과정에서, 혹은 나가는 과정에서 죽을 고비를 수차례 더 넘겨야 한다.

누구든 한 번 알카스를 다녀가면 다시는 오지 않겠다고 다짐한다. 라블레스 역시 마찬가지다. 매번 오기는 하지만 마음속에는 언제나 메신저를 그만두겠다는, 이번이 마지막이라는 생각이 가득한 것이다.

"그렇군요. 그래도 보수가 꽤 좋지 않습니까?"

"그럼 뭐하는가? 매번 가족과 내 목숨을 담보로 오는 건데. 나도 정말 그만두려고 했는데 차마 유혹을 떨치기 어려워서 말이야. 참. 이제 나도 백작이네."

라블레스의 표정이 다소 밝아졌다. 그만두겠다고 하면서도 십 년째 계속하는 이유가 바로 이 때문이다. 일 년에 한 번만 고생하면 정상적으로는 얻지 못할 대가를 받는 것이다.

"오오. 축하드립니다. 라블레스 백작님."

베젤은 자신의 일처럼 기뻐했다.

"본래대로라면 백작이 되는 건 꿈도 못 꿀 일이지. 저 변방에서 남작으로 평생 살았을 텐데 말이야."

"그만큼 힘든 일을 하시지 않습니까? 제 기억으로도 십 년째 메신저로 오시는 분은 없습니다. 거의 불가능한 일이 아닙니까? 그야말로 타고난 천운을 지니신 분인 듯합니다."

"내가 좀 오래하기는 했지."

라블레스는 이런저런 생각들이 교차했다. 처음 메신저로 알카스를 방문했을 때부터 지금까지 많은 우여곡절이 있었다. 하지만 남작에서 백작까지 신분이 상승한 것만으로 그간의 고생은 눈 녹듯 사그라졌다.

이제 돌아가면 그동안 모은 재물로 마음 편히 지내면 그뿐이다.

"그런데 자네가 책임자는 아니라고 아는데? 여기서는 칸이라고 부른다지? 메신저가 왔으면 마땅히 와서 맞아야 하는 것 아닌가?"

베리컨 자작은 잔뜩 찌푸린 얼굴로 베젤을 향해 나무랐다. 이곳의 책임자라고 해봐야 같은 죄수라는 걸 아는데 마치 뭐라도 된 양 코빼기도 비치지 않는 게 기분이 상한 것이다.

더욱이 자신은 죽을 고비를 넘기며 오지 않았던가. 오는 도중에 동료 메신저 여덟이 죽었다. 예민해질 수밖에 없는 상황이다.

"아이고, 죄송합니다. 일단 목부터 축이시지요. 준비해 놨습니다."

"와서 맞으라고 전하게."

베젤은 웃으며 분위기를 전환하려고 했지만 베리컨 자작의 얼굴은 점점 사납게 굳어갔다.

"그게……."

베젤은 베리컨 자작의 반응에 당황했다.

"어허. 이 사람. 왜 그러나? 좋은 게 좋은 거라고 내 말했는데도. 어딜 가든 거기에 맞는 법도가 있는 걸세. 자자. 가지. 내가 그만두면 이제 자네가 책임져야 할 텐데 괜히 사이가 틀어져 봐야 서로 좋을 게 없네."

이때 노련한 라블레스 백작이 나섰다. 그도 처음엔 베리컨 자작과 같은 마음이었기에 충분히 이해했다. 처음엔 누구나 같은 반응을 보이는 것이다.

"하지만……."

라블레스 백작이 나서자 베리컨 자작은 난감한 표정을 지었다.

"어허, 나를 무시하는가?"

"그럴 리가 있겠습니까?"

"여기 책임자는 칸이라고 불리네. 그리고 선왕 폐하의 동생 분이시지. 대우를 해줘서 손해 볼 일은 아니네. 또한 위험을 무릅쓰고 온 만큼 우리도 뭔가 얻을 게 있어야 하지 않겠는가?"

라블레스 백작은 알카스의 사정과 칸 베르무스에 대해 말해주었다.

비록 죄수였지만 그의 과거 신분만 보더라도 이들에게 함부로 하기 어려운 건 분명했다.

더욱이 공짜도 아니고 주어지는 게 있는 마당에 굳이 거들먹거릴 필요는 없는 것이다.

"돌아가면 포상금이 있지 않습니까?"

"물론 포상금도 주겠지만 많아서 나쁠 게 뭔가?"

"설마 이곳에서도……."

베리컨 자작은 혹시나 하는 표정이었다. 이곳에 오면서도 알카스와의 관계나 은밀한 거래에 대해서는 전혀 듣지 못한 탓이다.

"어차피 여기서 재물이 필요하겠는가? 돌아갈 때 자네도 한몫 챙겨줄 테니 괜히 칸의 신경 건드리지 말게. 그래 봐야 자네만 손해라네. 알겠는가?"

"예. 제가 생각이 짧았습니다."

라블레스 백작은 선심 쓰듯 충고했다. 베리컨 자작은 생각지도 못한 수입이 생긴 셈이다. 역시 고참과 신참의 차이는 이런 데서 비롯된다. 돌아가면 받는 포상금도 거금인데 부수입까지 생긴다면야 반대할 이유가 없다.

어차피 메신저 역할을 하려는 자는 정상적으로는 큰소리 내며 살아갈 만한 위치가 아니다. 이렇게라도 한몫 챙기기 위해 위험을 무릅쓰고 오는 것이다.

"여기 칼튼 경은 알지? 작년에도 수행했으니."

"그럼요. 어서 가시지요."

라블레스 백작은 호위기사장 칼튼을 소개하고는 호위기사들의 수행을 받으며 칸을 만나기 위해 자리를 옮겼다.

*　　　*　　　*

라블레스가 안내된 자리에는 융숭한 음식들이 차려져 있었고 바깥세상에서도 고가에 거래되는 베르칸의 눈물이 놓여 있었다.

베르칸의 눈물은 일 년에 생산되는 양이 극히 적어 웬만한 부자가 아니면 구경조차 하기 힘든 술이다.

그런 술이 이곳 알카스에 있다는 건 바깥세상의 사람들이 본다면 절대로 이해할 수 없는 일이었다.

"앉으시지요. 칸께서는 곧 오실 겁니다."

"오늘따라 꽤나 뜸을 들이는 것 같은데……."

라블레스 백작은 주위를 두리번거리며 눈을 빛냈다. 뭔가 평소와는 다른 분위기를 감지한 듯했다.

"금방 오실 겁니다."

베젤은 혹시라도 라블레스 백작이 눈치를 챘을까 조마조마했다. 지금은 그의 마음을 얻는 게 중요했기 때문이다.

"뭔가 놀랄 만한 선물이라도……."

라블레스 백작은 칸이 늦는 이유를 나름대로 추측했다. 이제 십 년차 베테랑이 되다 보니 그만큼의 여유가 생긴 것이다. 더불어 욕심도 그만큼 늘어났다.

"하하하, 역시 라블레스 백작님이십니다."

라블레스 백작의 물음에 베젤은 호탕하게 웃어 젖혔지만 속으로는 가슴을 쓸어내리며 안도했다.

"이거, 이거. 매번 참."

라블레스 백작은 멋쩍은 표정을 지었다. 그래도 뇌물을 받는다는 게 부끄럽기는 한 모양이다.

"백작님께서도 항상 필요한 걸 가져다주시지 않습니까? 항상 고맙게 생각하고 있습니다."

"나야 뭐, 대신 사주는 것뿐이고. 어차피 대금은 다 지불해주는데 고마울 것까지야."

"백작님이 아니시면 여기서 베르칸의 눈물을 어떻게 맛볼 것이며, 이런 의복은 생각지도 못하겠지요."

"그런가? 하하하. 서로 이득이 되는 일이니 얼마나 좋은가?"

"그러믄요."

두 사람은 한껏 서로를 띄워주며 기분 좋은 대화를 나눴다. 알카스의 입장에서 메신저는 반드시 필요한 인물이었고 메신저 역시 한몫 단단히 챙기기 위해서는 알카스의 도움이 필요했다.

"칸께서 오십니다."

친위대 수십 명이 들어와 접객실 주변에 섰다. 평소와는 다른 모습에 라블레스 백작과 호위기사들이 긴장한 사이 카라얀이 들어왔다.

"먼 길 오시느라 수고 많았습니다."

카라얀은 정중하게 인사를 건넸다.

"이게 어찌된……."

칸 베르무스가 아닌 카라얀이 들어오자 라블레스 백작은 당혹스러웠다. 어떤 상황인 건지 전혀 머릿속에 들어오질 않았다.

"참. 제가 말씀을 못 드렸습니다. 이번에 새로이 칸이 되신 분이십니다."

베젤이 재빨리 나서며 지금의 상황을 설명해 주었다.

"카라얀입니다. 기존에 해왔던 대로 유지될 것입니다. 아니, 조금 더 보태드려야겠지요."

"커험. 뭐, 누가 칸이 되든 우리야 관계없는 일이지요. 그건 그렇고 낯이 익은 것 같은데… 설마…….”

칸 베르무스와의 관계가 원활했기에 못마땅한 표정을 짓고 있던 라블레스 백작은 카라얀의 더 챙겨준다는 말에 얼굴이 풀렸다.

사실 누가 알카스를 지배하든 라블레스 백작이 무슨 상관인가. 자신은 메신저의 임무만 완수하면 되는 것이다.

덤으로 기존에 받았던 대가만 유지된다면 신경 쓸 일은 없다. 칸 베르무스와의 의리가 있는 것도 아니고 어차피 죄수들이 아닌가.

라블레스 백작은 카라얀이 칸이 된 것에 대해서는 전혀 불만이 없었다.

다만 얼굴이 자꾸 눈에 밟히는 게 분명 어디선가 본 인물이다. 그것도 강렬한 인상이 남아 있었다.

“기억하시는군요. 십 년 전에 오게 되었습니다.”

“허억. 특별 수감실에 있었던… 아르테미스!”

“맞습니다.”

라블레스 백작은 카라얀을 기억해 내고는 헛바람을 삼켰다. 자신이 처음 메신저의 임무를 맡고 알카스에 오던 때, 같은 배에 타고 있던 죄수였던 것이다.

다른 죄수와는 달리 사방이 막힌 철감옥에 사지가 묶인 채 호송되었던 죄수.

헤르메네스 왕국 사람이라면 그 이름만 들어도 벌벌 떠는 아르테미스, 그것도 결사대장이라니 라블레스 백작에게는 잊혀지지 않는 기억이 될 수밖에 없었다.

"나야 뭐 명령받은 대로 했을 뿐이니……."

라블레스 백작은 잔뜩 위축되어서는 시선을 회피했다. 카라얀을 이곳 알카스에 보낸 것으로 원한이라도 품었을까 두려운 것이다.

"후후. 그런 표정 짓지 않으셔도 됩니다. 백작님을 전혀 원망하지 않습니다. 저를 이곳에 가둔 자들은 엄연히 따로 있는데 누굴 원망하겠습니까?"

카라얀은 웃음 지으며 라블레스 백작을 안심시켰다. 메신저야 그저 호송하는 역할만 할 뿐이지 않은가. 카라얀이 증오하는 대상은 너무도 명확했다.

"그럼 다행이오. 참, 필요한 물품들은 배에 있으니 수하들을 시켜서 내리면 될 것이오. 그리고 이번에 데려온 죄수들은 이백오십 명이오."

라블레스 백작은 뭔가 어색했는지 메신저 본연의 역할로 돌아왔다. 아무래도 자리가 불편해진 듯하다.

스으윽.

카라얀이 손짓하자 베젤이 나섰다.

"일 이야기야 차차 하면 될 것 같습니다. 우선. 드릴 게 있습니다. 가져오게!"

베젤이 지시를 하자 친위대 두 명이 커다란 상자를 가지고 들어와서는 라블레스 백작의 앞에 내려놓았다.

쿠우웅.

소리로만 봐도 꽤나 무거운 것 같았다.

"열어보시지요."

"커험."

라블레스 백작은 잔뜩 기대에 차서 상자를 열어보았다. 건장한 사내 두 명이 들고 올 정도면 내용물이 제법 알차리라 생각한 것이다.

"허억."

라블레스 백작은 상자 안의 내용물을 확인하고는 벌린 입을 다물지 못했다. 그 안에는 커다란 금덩이와 각종 보석류가 가득했기 때문이다. 평생 구경조차 하지 못할 만큼 엄청난 양이다.

"이… 이게 뭡니까?"

"선물입니다."

"우… 우리에게 준다는 말씀입니까?"

"그렇습니다."

라블레스 백작은 정신을 차릴 수 없었다. 평생 이 정도의 금을 보기라도 할 수 있을까.

십 년간 위험을 무릅쓰고 메신저를 하면서 모아놓은 재물보다 훨씬 많은 양이다.

이 정도면 팔자를 고치는 정도가 아니라 작위까지도 얼마든지 살 수 있다.

잘하면 중앙귀족으로의 진출까지도 가능하다. 왕이 바뀌고 난 후 너도 나도 새로운 왕에게 재물을 싸들고 줄을 서지 않는가.

"이렇게나 많이……."

라블레스 백작은 머릿속으로 수만 가지 가능성을 계산했지만 아무리 탐이 나도 덥석 받을 수는 없었다.

지나친 욕심은 화를 부르는 법, 이만한 양의 뇌물이라면 그에 걸맞은 대가가 필요하다는 걸 알기 때문이다.

"알다시피 여기서 금덩이며 보석이 무슨 필요가 있겠습니까? 그저 돌덩이일 뿐이지요."

"그래도 이건 너무 많은데… 원하는 게 뭡니까? 내가 뭘 해주면 되겠습니까?"

라블레스 백작은 차마 거절하지는 못하고 일단 요구 조건을 들어보기로 했다. 팔자를 고칠 기회를 날려 버릴 수야 있는가. 아마도 구하기 힘든 물건을 구해달라는 것이 아닐까 생각해 보았다.

"대신 간단한 일 한 가지만 해주면 됩니다."

"뭐, 필요한 물건이 있으시면 말씀만 하십시오. 다음번에 올 때 가져오겠습니다. 아무리 구하기 힘들다 해도 대수겠습니까? 무슨 수를 써서든 가져오지요."

라블레스 백작은 역시나 하는 마음이었지만 구해올 자신이 있었다.

그게 어떤 물건이라고 해도. 이 정도의 재물로 구하지 못할 게 뭐가 있겠는가.

어떤 대단한 부탁을 할지 베젤의 말에 집중했다.

"가져오실 건 없습니다. 여기서 가져가시면 됩니다."

베젤은 손을 저으며 차분하게 이야기했다. 하지만 듣는 입장에서는 당황할 수밖에 없다.

"그게 무슨……."

라블레스 백작은 전혀 생각지도 못한 말에 고개를 갸웃했다.

바깥세상의 물건을 가져다 달라는 게 아니라면 굳이 자신에게 부탁할 이유가 없기 때문이다.

"바깥세상에 볼일이 좀 있어서 우리가 나갈까 합니다."

베젤은 대수롭지 않게 말했다. 마치 당연한 일인 양 너무도 자연스러웠다.

"허억, 무슨 말씀이신지……."

태연한 베젤과 달리 라블레스 백작은 헛바람을 삼킬 수밖에 없었다. 전혀 이해하지 못한 것이다.

"들은 그대로입니다. 우리를 바깥세상으로 보내주시면 됩니다."

"설마 탈출을……."

베젤의 대답을 재차 확인하자 라블레스 백작은 심장이 내려앉는 느낌이었다.

너무 놀라 말도 나오지 않았다. 마음 한구석의 불안감이 현실이 된 것이다.

이 정도의 뇌물로 부탁할 수 있는 건 결국 한 가지뿐인 것이다.

채채채채챙.

순간 호위기사들의 검이 일제히 뽑혔다.

채채채채챙.

그와 동시에 친위대의 검이 호위기사들을 향했다.

"다들 무슨 짓들인가? 검을 거두게!"

라블레스 백작은 놀라서 소리쳤다. 여기서 칼부림을 해봐야 살아남을 가능성은 없었다. 라블레스 백작은 어떻게든 살아서 돌아가야만 했다.

어떤 이유로든 여기서 죽을 수는 없는 것이다. 십 년을 마음 졸이며 살아왔고 이번을 마지막으로 그만둘 생각이었는데 여기서 허무하게 죽을 수는 없지 않은가.

호위기사들이 아무리 강하다 해도 알카스의 죄수 모두를 상대할 수는 없다. 라블레스는 결코 승산 없는 싸움이라는 걸 알고 있었다.

"이 정도면 충분한 보상이라 생각합니다. 또한 인질로 잡혀 있는 가족의 신변까지 보장하겠소."

베젤은 라블레스 백작의 약점까지도 보듬으며 안심을 시켜주었다. 메신저에게는 인질로 잡힌 가족이 가장 큰 부담이기 때문이다.

"대체 무슨 수로 내 가족의 안전을 보장한단 말이오? 그리고 여기서 나갈 방법은 없소. 십 년을 있었다면서 그렇게 모르시오?"

가족 이야기가 나오자 라블레스 백작은 흥분해서 목소리가 높아졌다.

망자의 섬이라 불리며 세상에서 잊혀진 알카스에 있는 사람이, 바깥세상에 인질로 잡혀 있는 가족을 보호해 준다는 말은 그야말로 가능성 없는 말일 뿐이다.

무엇보다 알카스에서 탈출한 사람은 지금껏 단 한 명도 없었다. 탈출 자체가 불가능한 곳이기 때문이다.

"당신들이 나갈 수 있다면 우리도 나갈 수 있겠지. 안 그런가?"

카라얀의 표정과 말투가 변했다. 조금 전까지 베젤이 설득하려 했다면 이제는 카라얀이 직접 나서 위협의 단계로 넘어간 것이다.

"우리가 협조할 것 같소?"

라블레스 백작은 굴하지 않았다.

"협조하지 않으면 여기서 죽게 될 뿐이다. 헛되이 목숨을 잃고 싶은 건가?"

"나 하나 살자고 내 가족을 죽일 수야 없지. 마음대로 하시오."

카라얀의 눈빛에는 점점 살기가 짙어졌지만 라블레스 백작은 위축되지 않았다. 어차피 위험을 무릅써 가며 온 궁극적인 목적은 남아 있는 가족의 행복이 아닌가.

항상 떠나기 전에 죽음을 각오하는 게 관례라 할 만큼 메신저들은 이런 부분에 있어서 특별한 교육을 받게 된다.

"훗. 곧 죽을 자리인데도 당당하군. 그럼 묻지. 당신이 여기서 죽으면 가족은 무사하리라 생각하나?"

전혀 위축되지 않는 라블레스 백작의 모습에 카라얀은 피식 웃었다. 그의 당당함이 오히려 어리석게 보인 것이다.

"알카스에서 나간 자가 없는 이상 내 가족은 안전할 것이오. 우리의 임무는 죄수들을 알카스에 보내는 것 외에 알카스에서 탈출한 자가 있는지 확인하는 것도 포함되니까. 우린 언제나 죽음을 각오한 사람들. 마음대로 하시오. 난 각오가 되어 있고 내 가족은 편히 살 테니까."

라블레스 백작은 마음을 굳힌 듯했다.

"그건 라블레스 백작께서 잘못 알고 있구려."

이때 베젤이 나서며 한마디 덧붙였다.

"무슨 말이오?"

라블레스 백작도 호기심을 보였다.

"메신저는 어떤 경우에도 임무를 완수해야 하오. 실패는 물론 실수조차 용납하지 않는 게 철칙이오. 그 정도로 엄하지 않으면 유혹이 너무 많은 자리이기 때문이오. 커다란 대가만큼이나 위험한 자리라는 걸 잘 알고 있으리라 생각하오. 내 말 알아듣겠소? 어떤 실수도 용납되지 않는다는 말을?"

"그건……."

베젤의 물음에 라블레스 백작은 반박할 말이 없었다. 메신저에게 큰 보상을 지급하면서도 가족들을 인질로 잡는 이유는, 그만큼 여러 나라에서 이해관계에 있는 자들이 뇌물을 주기 때문이다.

보상금만으로는 그들의 유혹을 뿌리치기 힘들다는 걸 알기에 가족들을 인질로 잡는 것이다.

죄수들은 흉악한 살인마도 있지만 상당수는 정치범이나 왕의 핏줄이다.

그들이 자신의 나라로 돌아갔을 때 혼란은 물론, 내전까지도 발생할 수 있다. 공개적으로 죽이기에 정치적 부담이 클 때 최후의 수단은 알카스로 보내는 것뿐이다.

그만큼 메신저의 역할은 많은 이해관계 속에 얽혀 있게 되는 것이다.

"메신저가 임무에 실패하게 되거나 돌아오지 않을 때 가장 먼저 취하는 조치는 가족들을 처형하는 것이오. 본보기를 삼는 동시에 메신저들에게 실수조차 용납하지 않도록 강하게 경고하는 것이지. 진실은 중요하지 않소. 메신저의 도움이 없다면 알카스에서 탈출하는 건 불가능한 일. 어떤 경우든 메신저가 배신한 걸로 간주하는 게 원칙이오."

"그 말은……."

"당신이 여기서 죽는다고 가족들이 살 수는 없다는 뜻이오. 당신은 이곳 알카스에서 개죽음을 당할 뿐."

"그런……."

라블레스 백작은 가슴이 꽉 막히는 것 같았다. 아무 생각도 나지 않았다. 베젤의 말이 단순한 허풍이 아니라는 것쯤은 안다. 라블레스 백작도 메신저가 된 지 십 년째다.

인정하고 싶지 않지만 임무에 실패했을 때 어떤 가혹한 대가가 뒤따르는지 알고 있었기 때문이다.

"이제 이해가 됐나? 네가 여기서 죽으면 가족도 죽게 된다. 하지만 네가 협조한다면 가족이 살아날 가능성은 있는 셈이다. 내가 도움을 줄 테니까. 약속하지."

카라얀은 라블레스 백작이 거절할 수 없는 제안을 했다. 처음에 한 말과 다르지 않았지만 느껴지는 건 천지 차이다. 라블레스 백작이 살 수 있는 유일한 길이기 때문이다.

"당신이 메신저의 규율에 대해서 뭘 안다고 그딴 소리요? 이곳에서 썩고 있는 죄수 주제에."

"그럼 말해보시오. 내 말 중에 틀린 게 있소?"

"임무가 실패한다고 해도 가족을 죽이지는 않소."

"그건 돌아간 메신저가 보고했을 때의 이야기겠지. 습격을 받았거나 불가피한 이유로 죽임을 당했을 때 임무를 완수한 메신저가 상황을 보고하면 죽은 메신저에게 돌아갈 보상을 가족에게 대신 주는 것으로 알고 있소."

"그걸 어떻게……."

"이자가 이곳 알카스에 오기 전 항구도시 에스파니안의 시장으로 잠시 있었다더군."

"허억. 정… 정말이오?"

"난 한때 항구도시 에스파니안의 시장으로 있었소. 그리고 에스파니안에는 대양호송단이 있지. 백작은 아마도 대양호송단 소속일 것이오. 아니 그렇소?"

"그건……."

베젤의 물음에 라블레스 백작은 가슴이 덜컥했다. 맞는 말이다.

　대양호송단은 헤르메네스 왕국에 자리하지만 대륙의 모든 나라가 이용하는 곳이다.

　대양호송단의 가장 큰 역할은 바로 대륙의 죄수들을 알카스에 보내는 것.

　메신저들 역시 대양호송단과 계약을 맺고 보상금을 받는 것이다. 에스파니안의 시장과는 밀접한 관계를 맺을 수밖에 없다.

　"메신저의 규율은 극비인데 내가 어떻게 알겠소? 당신이 협조하지 않는다면 내 장담하건대 가족들은 죽게 될 것이오. 왜냐하면 여기서 살아 돌아가 당신이 임무를 수행하다 죽었다고 보고해 줄 사람이 없을 테니까."

　"그런……."

　라블레스 백작은 어떤 반박도 할 수 없었다. 베젤의 말이 사실이기 때문이다. 과거 신분을 알고 나니 더욱 부정하기 어려웠다.

　"선택은 당신의 몫이오. 개죽음을 당하느냐, 아니면 당신도 살고 가족도 살리느냐."

　"여기서 탈출한다고 해도 내 가족을 구해준다는 보장을 어찌할 수 있겠소? 거기가 어떤 곳인지 아는 것이오? 그리고 알카스에서 탈출한 후에 나 몰라라 하면 나로서는 방법이 없지 않소?"

라블레스 백작은 과연 카라얀을 어디까지 믿어야 할지 알수 없었다. 처음엔 무조건 협조하지 않을 생각이었지만 이제는 어디까지 도움을 받을 수 있을지가 관건이다.

"나는 내 말을 지킨다. 믿고 안 믿고는 네 선택이다."

카라얀은 길게 변명하지 않았다. 이미 자신의 뜻은 밝혔다. 그러한 점이 오히려 믿음직스러워 보였다.

"으음. 한 가지 물어도 되겠소? 대체 왜 나가려는 것이오? 칸이 되었다면 적어도 알카스에서는 왕이나 다름없을 텐데."

라블레스 백작은 이렇게까지 해서 알카스를 탈출하려는 이유가 궁금했다. 세상과는 단절되었지만 여기서만큼은 부러울 게 없는 카라얀이다. 군이 죽음을 무릅쓸 이유가 없는 것이다.

"내가 사랑하는 여인을 지켜주기 위해서."

카라얀은 길게 생각하지도 않고 바로 답했다.

"내가 알기론 알카스에 오는 죄수들과 가까운 자들은 절대 살려두지 않는다고 하오. 만일 그 여인이 이미……."

라블레스는 차마 다음 말을 잇지 못했다. 그간 알카스로 끌려가는 죄수 주변에 무슨 일이 벌어지는지 주워들은 것도 많다.

한 가지 공통점은 그를 그리워할 만한 사람들은 결코 살아남지 못한다는 점이다.

그렇게 알카스로 끌려간 죄수들은 세상에서 잊혀진다.

"더 이상 지켜줄 사람이 세상에 존재하지 않는다면… 그런 세상 또한 존재할 필요가 없겠지. 적어도 나를, 우리를 기억 속에서 지우려 한 자들이 세상의 것을 누리도록 놔둘 수는 없지 않겠나?"

카라얀은 태연한 목소리로 말했지만 눈빛은 쳐다보기도 힘들 만큼 강렬하게 빛났다.

무엇이든 관철시키고자 하는 의지. 그의 눈빛을 본다면 어떤 경우에도 타협할 위인이 아니라는 걸 알 수 있다.

"으음. 정말 내 가족을 구해줄 것이오?"

라블레스 백작은 가슴이 타들어가는 것 같았다. 이제 선택의 여지는 없다. 카라얀은 이번에도 자신이 거절한다면 두말없이 목을 베어버릴 인물로 보인 것이다.

그의 말대로 가족을 살릴 수 있는 유일한 길은 함께 탈출해 도움을 받는 것 외에는 생각나지 않았다.

"분명히 말했다. 나는 내 말을 지킨다고. 설령 네 가족을 구하다가 우리 모두 죽게 된다 해도 네 가족부터 구할 것이다."

카라얀의 목소리에는 강한 의지가 담겨 있었다. 절대로 가

식으로는 낼 수 없는 목소리. 그의 마음이 고스란히 담겨 있었다.

"믿겠습니다. 내가 협조하지 않아도 내 가족이 죽는다면 여기서 죽을 수는 없습니다. 나를 죽이더라도 내 가족만큼은 살려주십시오."

라블레스 백작은 카라얀 앞에서 무릎을 꿇었다. 이제는 카라얀을 믿는 수밖에 없다.

"너와 네 가족 모두 살 것이다. 이 보물들을 가지고 남부럽지 않게 살게 될 것이다."

"따… 따르겠습니다. 제발 제 가족의 안전을 보장해 주십시오."

라블레스 백작은 모든 일이 순조롭게 풀리기만을 간절히 바랐다. 이제 모든 건 카라얀의 손에 달렸다.

"무슨 짓이오? 이자들의 농간에 놀아나는 것이오? 우리가 죽어야 가족들이 산단 말이오."

이때 베리컨 자작이 끼어들며 언성을 높였다.

"방금 듣지 않았나? 우리가 죽어도 가족이 죽는다고. 우리 둘 다 죽으면 누가 최선을 다했다고 보고해 줄 텐가? 시신조차 찾지 못할 텐데 우리가 죄수들과 함께 도망가지 않았다고 과연 믿어주겠는가?"

"흥. 내가 그 말을 믿을 것 같소?"

라블레스 백작은 어쩔 수 없는 선택이라는 걸 말하고 싶었지만 베리컨 자작에게는 씨알도 먹히지 않았다. 그는 베젤의 말을 단지 협박을 위해 꾸며낸 것이라고 본 것이다.

"어리석긴. 내가 이 짓을 십 년째 하네. 나라고 몰랐을까? 우리가 협조하지 않아도 가족들은 처형된단 말이네. 우리 중 한 명이라도 살아서 돌아가 지금의 상황을 모두 보고한다면 모를까."

"헛소리! 난 당신과 같은 배신자가 아니오."

라블레스 백작은 베리컨 자작을 설득하기 위해 애를 썼지만 그에게는 어떤 말도 들어오지 않았다. 처음 임무라서인지 꽤나 책임감이 대단한 듯했다.

아니, 그보다는 공포가 더 클 것이다. 처음 임무를 맡은 메신저들이 그렇듯, 가족이 인질로 잡혀 있으니 오직 성공하고 돌아가야 한다는 마음밖에 없는 것이다.

"자네도 가족을 위해 여기 오지 않았나? 선배로서 하는 말이네. 내 말을 믿게. 일은 이미 벌어졌네. 가족을 살릴 방법은 협조하는 것뿐이네."

라블레스 백작은 어떻게든 베리컨 자작을 설득하려고 했다.

그가 거절하면 살아서 나갈 수 없다는 걸 알기 때문이다. 메신저로 온 사람들은 모두 밖에서는 홀대받던 자들다.

위험하지만 한몫 잡아 좀 더 풍요롭게 살고자 하는 자들이다. 여기에서 죽게 하기엔 너무 안타까운 일이었다.

"아무 말 마시오. 저들이 감히 우리를 죽이지는 못할 것이오. 우리가 죽으면 절대로 여기서 나갈 수 없을 테니까. 호위기사들은 뭐하는가? 우리를 보호하지 않고!"

베리컨 자작은 라블레스 백작이 이미 넘어갔다고 판단하고는 곧장 칼튼 호위기사장에게로 갔다. 그들의 실력이 대단하다는 건 익히 알고 있었다.

그들의 호위를 받아 배까지만 간다면 이곳에서 벗어날 수 있다고 판단한 것이다.

슈가가가각.

"끄으윽. 왜… 나를……."

살이 갈라지는 소리와 함께 피가 뿜어졌다. 베리컨 자작의 얼굴에서 생기가 급속도로 빠져나갔다. 그는 왜 자신이 죽어야 하는지 전혀 모른다는 얼굴로 그렇게 숨을 멎었다.

"무슨 짓이냐? 우리를 보호해야 할 자들이 어찌!"

라블레스 백작은 칼튼 호위기사장에게 절규하듯 소리쳤다. 그가 베리컨 자작을 베어버리리라고는 생각도 못했기 때문이다.

"착각하고 있군. 우리의 임무는 메신저를 보호하는 게 아니다. 이런 상황이 되었을 때 죽이는 것이지. 알카스에서는 아무도 탈출할 수 없다. 메신저만 없다면 이자들이 탈출하는 건 불가능한 일. 이것이 우리의 임무다."

칼튼은 나지막한 목소리로 호위기사의 임무에 대해 말해 주었다.

십 년째 메신저를 하고 있는 라블레스 백작도 몰랐던 내용이다.

"그런⋯⋯."

라블레스 백작은 아무 생각도 나지 않았다. 그저 억울하게 죽어간 베리컨 자작의 얼굴만이 눈에 들어왔다.

쉬이이이잇.

까아아아앙.

칼튼의 검이 라블레스 백작의 목을 향해 휘둘러졌다. 은밀하면서도 빠르다. 하지만 그보다 더 빠른 검이 막아섰다.

"내 앞에서 칼부림이라⋯ 아직 정보가 부족한가 보군."

카라얀의 입꼬리가 살짝 올라갔다. 이제 살려야 할 자와 죽어야 할 자가 확실히 가려진 탓이다.

"알고 있다. 네놈이 아르테미스였다는 것을. 흥. 과거엔 이름 좀 날렸는지 모르겠지만 그건 지난 일. 이미 아르테미스 따위는 잊혀진 지 오래다. 죽기 전에 깨닫거라!"

칼튼은 카라얀에게 전혀 위축되지 않았다. 오히려 도발했다. 과장된 과거의 명성 따위에 주눅 들기에는 자부심이 너무 강했다.

"후후, 자비를 베풀 필요가 없으니 편하군."

"건방진! 뒈진 후에도 웃을 수 있나 보자. 타핫."

칼튼의 검이 카라얀의 목을 향해 폭사했다. 눈으로 쫓기 힘들 만큼 빨랐다.

까아아아아앙.

칼튼의 검이 크게 휘어지며 튕겼다. 카라얀이 검 손잡이 끝으로 그의 검날을 후려친 것이다.

"허억."

칼튼의 입에서 다급한 신음이 터져 나왔다. 튕기는 힘이 너무 셌는지 순간 중심을 잃은 것이다.

쉬이이이잇.

하지만 칼튼은 곧바로 몸을 반 바퀴 돌리며 회전력을 이용해 다시금 카라얀을 공격했다.

촤라라라락.

그의 검이 뱀처럼 휘어지며 어느 곳을 공격할지 예측할 수 없게 만들었다.

눈 한 번만 깜짝여도 그대로 칼튼의 검에 난도질될 판이었지만 카라얀은 미동도 하지 않았다.

스스스슷.

칼튼의 검이 이리저리 방향을 틀다 목줄기를 겨냥하는 순간 카라얀의 신형이 미끄러지듯 앞으로 이동했다. 마치 바람이 불듯, 물이 흐르듯 자연스러웠다.

우두둑.

"끄으으윽."

챙그랑.

카라얀은 칼튼의 어깻죽지를 잡아서는 그대로 비틀어 버렸다. 어깨뼈가 빠지며 쇄골이 그대로 부러졌다.

"네놈들은 항상 이렇지. 필요할 때는 잘 써먹다가 언제든 뒤통수를 친단 말야. 하나도 변하지 않았어. 십 년 전이나 지금이나."

카라얀은 부러져 살을 뚫고 튀어나온 뼛조각 사이로 손가락을 집어넣고는 찢기 시작했다.

찌지지지직.

"끄아아아아."

칼튼의 비명이 터져 나왔다.

"도와달라고 해서 도왔을 뿐인데. 친구였기에 목숨을 걸었을 뿐인데. 꼭 그래야만 했느냐?"

콰직.

"아아아악."

이번에는 칼튼의 무릎을 그대로 밟아버렸다. 칼튼의 무릎 뼈가 튀어나오며 반대로 꺾여 버렸다. 지금 카라얀은 과거의 기억 속에 사로잡혀 있었다.

베리컨 자작의 죽음이 그의 기억을 자극한 듯했다.

"칸!"

클레이튼이 다급하게 불러보지만 이미 카라얀의 귀에는 들어오지 않는다.

"다들 조심해라! 내가 명령하면 동시에 움직인다! 절대 긴장을 늦추지 마라!"

"예, 대장님!"

클레이튼과 친위대는 바짝 긴장했다. 카라얀이 과거에 사로잡히게 되면 이성을 잃는다.

그때는 적과 아군조차 구분하지 못한다. 보이는 모든 사람을 베고 또 베야만 한다.

그는 기억하고 싶지 않은 아픔들을 그렇게 잊어간다. 알카스에서는 그런 식으로 기억의 조각들이 하나둘 잊혀지는 것이다.

"이쪽으로 오시오! 어서!"

"아, 예. 예."

라블레스 백작은 놀라서는 얼른 클레이튼의 뒤로 숨었다.

"대답하란 말이다! 이스마엘!"

카라얀은 분노에 찬 목소리로 소리쳤다. 지금 자신을 배신하고 구렁텅이에 빠뜨린 친구이자 원수 이스마엘이 눈앞에 있다. 적어도 카라얀에게는 그랬다.

"나… 나는… 쿨럭."

자신은 이스마엘이 아니라고 말하고 싶었지만 칼튼은 제대로 목소리가 나오지 않았다. 이미 입안에는 핏물이 가득했고 내장은 짓이겨졌다.

팔은 산산이 부서졌고 다리뼈도 가루가 되었다. 죽을 때가 되면 아픔도 사라진다는데 칼튼은 너무나도 끔찍한 고통이 계속될 뿐이었다.

까딱까딱.

클레이튼이 은밀하게 손짓을 했다.

스스스스슷.

친위대는 조심스레 한 걸음, 한 걸음 뒤로 이동했다. 최대한 카라얀과 거리를 벌린 것이다.

"대답하지 않겠느냐? 나도 듣고 싶지 않다! 네놈은 더 이상 아무 말도 하지 못할 테니까! 네놈은 물론 네놈의 눈에 새겨진 모든 것을 부숴주마!"

콰직.

우두두둑.

카라얀은 칼튼의 목을 꺾고는 그대로 돌려서 뽑아버렸다.

"허억."

"으으으으."

호위기사들은 이 광경에 저도 모르게 몸을 떨었다. 자신의 대장이 당하는데도 끼어들 수가 없었다.

카라얀의 분위기 때문이다. 그는 사람의 형상을 하고 있지만 마치 악마의 모습과도 같아 보였다.

잔인함은 공포가 되었고 혹독한 수련을 거쳤던 호위기사들조차 압도할 정도였다.

"네놈들이냐? 이스마엘의 마음을 좀먹고 나를 배신하게 만든 놈들이? 네놈들은 어떻게 죽여주랴? 찢어주랴? 아니면 잘게 썰어주랴? 어떻게 죽기를 원하느냐? 그래. 내가 모조리 씹어 먹어주마!"

콰직.

찌이이익.

"끄아아아악."

카라얀은 앞에 있는 호위기사에게 쇄도해서는 그대로 팔을 꺾어 제압한 후 목덜미를 물어뜯었다.

살점이 한 움큼 떨어져 나오며 피가 뿜어졌다.

눈빛은 사람의 것이라고는 생각할 수 없을 만큼 강렬하면서도 마치 먹잇감을 앞에 둔 맹수의 것과 같았다.

"아… 악마 같은 놈!"

"어떻게 같은 사람이… 저런 짓을……."

호위기사들은 너무도 잔인한 광경에 전의를 상실했다. 단지 검을 겨루는 게 아니다. 잡아먹히느냐의 문제가 아닌가.

"크크크크크. 내게서… 내 이 머릿속에서… 아이린을 훔쳐 가려 하다니… 감히… 네놈들이… 다 죽여 버릴 것이다! 네놈들의 눈에 새겨진 세상은 개미 새끼 한 마리 남겨두지 않을 것이야!"

후아아아앙.

카라얀의 검이 사방으로 휘둘러졌다. 그의 검은 마치 바람 같았다. 볼 수도 막을 수도 없다. 바람이 스쳐 가면 숨도 끊어진다.

털썩.

쿠당탕.

호위기사들은 이렇다 할 반항조차 해보지 못하고 일방적으로 도륙되었다.

카라얀에게는 일말의 자비도 없었다. 그의 검은 냉혹했고 카라얀은 더욱 잔인했다.

스으으윽.

"감히! 감히!"

카라얀이 몸을 돌렸다. 이번엔 친위대를 향했다.

"허억."

꿀꺽.

친위대는 바짝 긴장했다. 머리털이 죄다 곤두서는 것 같았다.

친위대 중 절반은 십 년 전부터 카라얀의 수하였고 나머지는 이곳 알카스에서 충원된 자다.

적어도 알카스에서 들어온 자들에게 카라얀의 이러한 눈빛은 감당하기엔 벅찼다.

"칸! 정신 차리십시오!"

"크크크크."

클레이튼이 소리쳤지만 이미 카라얀에게는 들리지 않는 듯하다. 그의 눈빛은 살기에 물들어 있었고 입은 웃고 있었다.

"아이린을 생각하십시오! 카라얀 님!"

멈칫.

카라얀이 멈췄다. 역시 그를 멈추게 할 수 있는 사람은 한 사람뿐이다.

"이제 아이린을 만나러 가셔야지요!"

"클레이튼! 아이린이… 기다리고 있겠지?"

카라얀의 목소리가 떨렸다.

"물론입니다. 반드시."

"그래. 보고 싶군."

카라얀의 눈에서는 어느새 살기가 사라졌다. 대신 그리움이 가득 담겨 있었다.

"라블레스 백작!"

"예? 예에에엡!"

카라얀의 부름에 라블레스는 화들짝 놀라서는 쏜살같이 튀어나갔다.

차마 시선을 마주할 용기는 없어 바닥만 보고 있지만 그래도 온몸은 사시나무 떨듯 떨려온다.

마치 지옥에서 온 악귀처럼 무시무시한 모습을 보이지 않았던가. 라블레스는 이렇게 살아 있다는 게 믿기지 않을 정도였다.

"우리는 이곳에서 나갈 수 있겠지?"

카라얀은 다소 걱정스러운 목소리로 물었다. 아이린을 만나러 간다는 생각에 설레지만 그만큼 못 만나게 될까 두려운 것이다.

"제가 바깥세상으로 모셔다 드리겠습니다. 카아아안!"

라블레스 백작은 목청이 터져라 외쳤다.

"후후, 그럼 부탁하지!"

카라얀은 부드럽게 미소 지으며 말했지만 라블레스 백작은 그게 더 무서웠다.

"믿고 맡겨주십시오! 칸이시여!"

라블레스 백작은 온몸의 힘을 짜내 그야말로 최선을 다해 소리쳤다.

　평생토록 이렇게 큰 목소리를 내본 건 단연코 이번이 처음이리라.

제 5 장

끝은 시작이다

뿌우우우우.

"출발!"

라블레스 백작의 적극적인 협조로 카라얀은 친위대뿐만 아니라 수하 천 명과 함께 떠날 수 있게 되었다.

메신저가 타고 온 두 척의 배에는 각각 친위대 백오십 명과 삼백 명의 수하가 탔고 직접 만든 다섯 척의 배에는 각각 백오십 명씩 태웠다.

배의 크기에 비해 다소 많은 인원이었지만 함께 목숨을 걸었던 이들을 내버려 둘 수는 없었기에 위험을 감수한 것이다.

"라블레스 백작! 출발한 지 벌써 몇 시간은 지난 것 같은데 게이트가 보이질 않는군."

"곧 당도합니다."

"그런가? 바다가 굉장히 위험한 줄 알았는데 잔잔하군. 걱정했던 것과는 달라. 그리 멀지도 않고."

바다에 대한 공포가 극심했던 것과는 달리 막상 항해를 하면서는 어떤 위험 요소도 보이지 않았다.

클레이튼은 알카스에 알려진 것과는 많이 다르다고 느꼈다.

"거리는 그리 중요하지 않습니다. 문제는 지금부터입니다. 지금부터가 가장 위험합니다."

별다른 위험이 없음에도 라블레스 백작의 표정은 무척이나 굳어 있었다.

"크로노스 때문인가?"

"혹시 직접 보신 적은 있으십니까?"

"소문만 들었지. 알카스의 누구도 크로노스를 직접 본 사람은 없을 것 같은데?"

클레이튼은 고개를 저었다.

알카스에선 크로노스에 대한 공포가 대단했지만 그건 직접 보지 않아서일 수도 있다.

본래 알지 못하는 것에 대한 두려움만큼 마음을 잠식하는 것은 없으니까.

"아, 예. 그럼 보신 적이 없으시군요."

"굉장히 거대한 괴수라는 정도는 들어봤다."

"알려지기는 단번에 배를 쪼갤 정도로 거대하다고 하지만 실상은 그렇지 않습니다. 다소 과장된 부분이 있지요. 크기는 그리 크지 않습니다."

"그럼 그렇게 걱정할 필요는 없다는 건가?"

클레이튼은 라블레스 백작의 설명에 다소 안도했다. 크로노스에 대한 공포는 알카스에 있는 죄수라면 누구나 느낄 만큼 깊이 새겨져 있는 탓이다.

"그렇지는 않습니다. 크로노스는 여전히 무서운 괴수가 맞습니다."

이번에는 라블레스 백작이 고개를 저었다.

"곧 알게 될 겁니다."

라블레스 백작은 더 이상의 말은 삼갔다.

얼굴 표정으로 보아 꽤나 긴장하고 있는 듯했다. 말없이 그저 한곳만을 바라보며 항해에 열중했다.

"배는 정말 튼튼하게 만들어진 게 맞습니까?"

한동안 조용하던 라블레스 백작이 심각한 표정으로 물었다.

"물론. 오랜 시간 항해할 수도 있으니 그에 대비해 만들었다. 쓸 만한 기술자들이 있었지."

클레이튼은 배에 있어서는 자신했다.

애초부터 최소한 몇 달 이상 항해한다는 가정 하에 만들어진 배였다.

알카스에서 바깥세상까지 얼마나 먼지 모르기에 최대한 오랜 시간 항해하는 걸 감안해서 튼튼하게 만들도록 지시한 것이다.

"그렇기를 바랍니다. 아님 저 배에 타고 있는 칸의 수하들은 모조리 크로노스의 밥이 될 것입니다."

라블레스 백작은 별로 믿음이 가지 않는 얼굴로 말했다.

"이 배의 바닥이 뭘로 만들어진지 아십니까?"

잠시 생각하던 라블레스 백작이 뜬금없는 질문을 했다.

"나무 아닌가?"

"나무로 만들어졌습니다. 하지만 가장 밑바닥은 강철로 둘러져 있습니다. 창칼도 뚫을 수 없을 정도지요. 그 때문에 속도가 빠르지는 않습니다. 다른 배에 비해 무거우니까요."

라블레스 백작은 메신저들이 타고 오는 배의 구조에 대해서 이야기를 시작했다.

일반 배에 비해서는 분명 특이한 구조다.

보통 갑판이나 공격받기 쉬운 부분을 강철로 두르는 경우는 있어도 배의 밑바닥을 강철로 두를 이유는 없기 때문이다.

"강철? 특별한 이유가 있나?"

"곧 알게 되실 겁니다. 크로노스의 공격을 버텨야 하니까요."

"과연 어떤 식으로 공격할지 궁금하군."

듣고 있던 카라얀은 흥미롭다는 표정으로 한마디 했다. 한동안 다시 침묵이 흘렀다. 그렇게 얼마간의 시간이 지났을 때 라블레스 백작의 얼굴은 더욱 굳어졌다.

"다 왔습니다. 바로 저기가 게이트입니다. 보이십니까?"

라블레스 백작은 손가락으로 한곳을 가리켰다.

"저… 저건……."

카라얀은 두 눈을 부릅떴다. 너무 놀라 말도 나오지 않았다. 모두가 라블레스 백작이 가리키는 곳을 바라보며 아연실색했다.

"맞습니다. 저 위에 빛나는 것이 바로 바깥세상으로 나가는 게이트입니다."

"저길… 어떻게 간다는 말이지? 이 배로?"

카라얀은 어이가 없었다. 라블레스 백작이 가리키는 곳은 정확히는 바다의 위였다. 못 잡아도 수십 미터는 됨 직한 높이에 밝게 빛나는 무리가 있었다.

배가 새처럼 날지 않는 이상 저 위로 올라간다는 건 불가능한 일이다.

"이런. 날개가 있지 않은 이상 불가능한 게 아닙니까?"

클레이튼도 당황스러웠다. 전혀 생각지도 못한 것이다.

"으음. 설마 게이트가 저런 곳에 있을 것이라고는……."

카라얀은 난감했다. 항구만 벗어나면 끝나는 줄 알았는데 도무지 방도가 떠오르질 않았다.

"이제부터가 중요합니다. 제가 미리 말씀드렸듯이 배를 일렬로 세워주십시오. 최대한 붙어 있어야 합니다."

라블레스 백작은 심각한 얼굴로 이야기했다. 뭔가 생각이 있는 듯했다.

"대체 뭘 하려고 그러느냐? 만일 우릴 속이려 든다면 네놈부터 베어버릴 것이다."

클레이튼은 너무도 황당한 상황에 라블레스 백작을 신뢰할 수가 없었다.

그에게 전적으로 의지하는 이상, 그가 딴마음을 품는다면 속수무책으로 당할 수밖에 없기 때문이다.

"제가 왜 속이겠습니까? 이제 한배를 탔는데 말입니다. 다 살자고 하는 일이니 믿어주십시오."

"일단 이자의 말대로 해주거라. 두고 보면 알겠지."

카라얀은 일단 라블레스 백작에게 맡기기로 했다.

그가 아니면 이 상황을 타개할 방법이 전혀 떠오르지 않았다. 싫든 좋든 라블레스 백작이 모든 키를 쥐고 있는 셈이다.

"알겠습니다. 북을 울려라!"

두둥. 두둥.

북소리와 함께 메신저의 배들 사이로 다섯 척의 배가 나란히 섰다.

"밧줄을 묶어라! 서둘러라!"

배들은 서로 떨어지지 않도록 단단히 동여맸다. 멀리서 보면 기다란 배 한 척이 서 있는 것 같았다.

"모두 묶었다."

"이제 호신석을 쓸 때가 왔습니다. 신호해 주십시오. 여기서부터는 그야말로 행운이 필요합니다."

"으음. 알겠다. 북을 쳐라!"

둥. 둥. 둥. 둥.

"$%%#*&@."

라블레스 백작이 주문을 외우자 호신석이 빛을 뿜어내기 시작했다.

가장 뒤에 있던 배에서도 역시 밝은 빛이 터져 나왔다. 라블레스 백작이 미리 주문을 가르쳐 준 것이다.

"이제 된 건가?"

"제가 할 일은 끝났습니다. 이제 하늘의 뜻에 달렸습니다. 과연 무사히 벗어날 수 있을지는."

라블레스 백작의 얼굴은 무척 어두웠다. 그도 과연 성공할 수 있을지 별로 자신하지 못하는 눈치다.

츄아아아아악.

이때 멀리서 거센 파도소리가 들려왔다. 마치 성난 파도가 바위를 부수는 것처럼 한참이나 떨어진 배에서도 가슴을 울릴 정도다.

"이게 무슨 소리지?"

"저… 저길 보십시오!"

클레이튼은 놀란 얼굴로 한곳을 가리켰다. 그곳에는 배의 몇 배나 되는 높이의 거대한 파도가 몰아치고 있었다. 하지만 뭔가 파도와는 달라 보였다.

"허억, 저게 뭔가? 파도는 아닌 것 같은데?"

"크로노스입니다."

라블레스 백작은 굳은 표정으로 대답했다.

"크로노스? 대체 얼마나 많길래… 마치 거대한 파도가 몰려오는 것 같군."

카라얀도 이 순간만큼은 가슴이 꽉 죄여오는 느낌이었다.

"보시다시피 크로노스의 크기는 사람보다 조금 더 큰 정도입니다. 하지만 몸이 단단하고 이빨은 강철도 뚫을 만큼 강하지요. 그리고 저렇게 수천, 수만 마리가 몰려다닙니다."

"자네 말대로 싸워서 이긴다는 건 불가능한 것 같군."

"그렇습니다."

라블레스 백작의 설명과 함께 크로노스를 직접 보니 왜 싸우는 게 불가능하다고 했는지 이해할 수 있었다. 한두 마리도 아니고 얼핏 봐도 수만 마리는 되어 보인다.

크로노스와 싸우는 것 자체가 그냥 어리석인 발버둥일 뿐이다.

"호신석이 저것들을 불러들인 건가?"

"맞습니다."

"저런 무시무시한 것들을 불러들이는 건 게이트로 가기 위해서겠지?"

"그렇습니다. 크로노스가 아니면 여기서 나갈 방법이 없습니다."

"저 위로 어떻게 우리를 데려다준다는 것인지 정말 궁금하군."

카라얀은 이제 라블레스 백작이 하는 대로 지켜보는 수밖에 없었다.

아무런 선택의 여지도 없다. 크로노스의 밥이 되거나 게이트를 빠져나가거나. 둘 중 하나일 뿐이다.

살아남기 위해 뭔가를 할 수도 없었고 어떤 노력도 필요 없었다. 이제는 기다릴 뿐이다.

츄아아아악.

"단단히 붙잡으십시오. 이제부터가 고비입니다. 우리 배만 있다면 별 문제 없겠지만 중간에 있는 저 다섯 척이 문제입니다. 어쩌면 우리까지도 위험할지 모릅니다."

라블레스 백작이 다급하게 지시했다.

라블레스 백작이 걱정하는 이유가 바로 다섯 척의 배 때문이다.

그 배들로 인해 어떤 변수가 생길지 모르는 것이다.

"일단 두고 보지. 단단히 붙잡아라! 무슨 일이 생길지 모르니까."

쿠우우우웅.

"허억."

"크로노스와 부딪친 것 같습니다."

배가 크게 휘청거렸다. 모두는 바짝 긴장했다. 드디어 바다의 무법자 크로노스와 처음으로 접한 것이다.

쿵. 쿠쿠쿠쿵.

한 번의 공격 이후 수도 없는 공격이 이어졌다. 마치 배를 뚫어버리려는 듯 크로노스들은 배를 들이받기 시작했다. 배는 이리저리 요동치며 크게 흔들렸다.

"허억. 크로노스 떼가 배를 공격하고 있습니다. 위협이라도 가해 떨어지게 해야 합니다."

클레이튼은 너무도 급박한 상황에 창을 집어 들었다. 게이트는커녕 여기서 배가 침몰할 것 같았기 때문이다.

"안 됩니다. 어떤 행동도 해선 안 됩니다."

라블레스 백작이 다급하게 말렸다.

쿠쿠쿠쿠쿵.

배는 더욱 크게 요동치며 흔들렸다. 배가 부서지는 건 시간문제처럼 보였다.

"이… 이런. 지금 상황이 안 보이느냐? 저 단단한 크로노스가 한 마리도 아니고 수천, 수만 마리가 육탄공격을 퍼붓고 있다. 이대로는 배가 부서진단 말이다."

클레이튼은 당황하며 소리쳤다.

"부서지지 않습니다."

라블레스는 강경하게 맞받았다. 그렇게나 겁이 많던 인물치고는 무척이나 단호했다.

"강철도 뚫는다고 하지 않았느냐? 그런데 나무로 만든 배가 버텨낼 리 있느냐?"

클레이튼은 어떻게든 크로노스들의 공격을 막아야 한다고 생각했지만 라블레스의 말을 거스를 수도 없었다. 지금 이 상황에 대해 가장 잘 알고 있는 사람은 라블레스 백작이었기 때문이다.

"말했다시피 아래는 강철로 만들어져 있습니다. 그리고 크로노스들은 배 밑바닥을 두드리는 중입니다. 정확히는 배를 들어 올리고 있는 것이지요."

"그런……."

라블레스 백작의 대답에 클레이튼은 황당한 표정을 감추지 못했다. 크로노스가 배를 들어 올린다니 말이나 되는가.

"저자의 말이 맞다. 보아라. 배가 점점 위로 올라가고 있다."

이때 카라얀이 한마디 했다. 카라얀 역시 꽤나 긴장하고 있었지만 침착하게 주변 상황을 관찰했던 것이다.

"허억. 어떻게 이런 일이……."

클레이튼도 주변을 둘러보더니 경악했다.

정말로 배가 수면 위로 올라가 있었고 지금도 조금씩 올라가는 게 아닌가.

라블레스 백작의 말이 맞았던 것이다.

"알카스와 바깥세상을 잇는 게이트의 마지막 다리는 크로노스라는 건가?"

"그렇습니다."

"왜 알카스에서 지금껏 단 한 명도 탈출할 수 없었는지 이제야 알겠군. 이건 탈출 자체가 불가능했어."

카라얀은 비로소 알카스가 왜 망자의 섬이라고 불리는지 이해할 수 있을 것 같았다.

들어오는 것도 어렵지만 나가는 건 그야말로 불가능하다.

세상에서 잊혀진다고 해도 누구도 알지 못한다.

알카스에서는 사람은커녕 소식조차 밖으로 전해질 수 없는 것이다.

"그렇습니다. 방향석과 호신석, 그리고 크로노스의 공격을 버틸 만큼 튼튼한 배가 있지 않은 이상 알카스에서 탈출하는 건 불가능한 일입니다."

라블레스 백작은 알카스에서 나갈 수 있는 유일한 방법을 말해주었다.

그건 의지만으로는 되지 않는다. 많은 조건이 필요하다. 제아무리 강하다고 해도 혼자서는 절대로 탈출할 수 없는 것이다.

"알카스에 그 많은 사람을 가둬놓고 특별히 병력을 배치하지 않는 이유가 이것이라니……. 눈으로 보면서도 믿기지가 않는군."

카라얀은 알카스의 존재에 놀라움을 감추지 못했다. 경이롭기까지 했다.

이것이 바로 알카스의 실체였던 것이다.

쿵. 쿠쿠쿠쿠쿵.

배는 계속해서 위로 올라갔다. 수많은 크로노스가 바닥에서 배를 밀어올리고 있었다.

"이제 머지않았습니다. 곧 게이트에 도달합니다."

빛나는 무리에 점점 가까워지고 있었다.

"클레이튼! 다른 배들은 잘 버티고 있나?"

"아직까지는 무사합니다. 하지만 과연 저곳에 도달할 때까지 배가 버텨줄지는 모르겠습니다."

메신저의 배는 모르겠지만 알카스 내에서 만든 배들은 밑에 강철을 두르지 않았기에 충격에 버틸지 알 수 없었다. 크로노스가 들이받는 충격은 상당했고 배를 위로 들어 올리는 힘 또한 무지막지했기 때문이다.

콰직.

우지끈.

"배가 부서진다!"

"이런! 조심해라! 갑판이 갈라졌다."

메신저 바로 뒤에 있던 배가 충격을 이기지 못하고 쪼개지기 시작했다.

콰드드드득.

쩌저저저적.

갑판이 갈라지며 배가 두 동강이 났다.

아래로 떨어지기 직전이었다. 배 안에 있던 수하들 상당수가 중심을 잃고 추락했다.

크로노스는 떨어지는 수하들에 달려들어 흔적도 남기지 않고 순식간에 먹어치웠다.

"으아아아악!"

"밧줄이라도 붙잡아라!"

"어떻게든 버텨라!"

수하들은 매달려 보려 애를 썼지만 배가 통째로 부서지며 떨어지자 크로노스 무리 사이로 함께 사라져 버렸다.

"칸! 첫 번째 배가 부서졌습니다."

"밧줄을 던져라! 하나라도 살려야 한다!"

카라얀의 명령에 한 명이라도 구하기 위해 밧줄을 던졌지만 소용없는 일이다.

배와 배를 연결하는 밧줄에 매달려 있던 수하들 주변으로 크로노스가 순식간에 몰려들었다.

콰드득.

"끄아아아!"

우적우적.

"끄어어억."

크로노스들이 병사들을 먹어치우는 건 그리 오래 걸리지 않았다.

"크로노스가 밧줄에 매달린 자들을 잡아먹고 있습니다."

"창을 던져라! 화살을 쏴라!"

카라얀은 십 년을 함께했던 수하들이 크로노스에게 잡아 먹히자 살기 어린 눈빛으로 명령했다.

"안 됩니다. 절대 공격해선 안 됩니다."

이때 라블레스 백작이 다급하게 나서서 제지했다.

"눈앞에서 수하들이 잡아먹히고 있는 게 안 보이느냐?"

카라얀은 성난 목소리로 소리쳤다.

"여기서 크로노스를 흩어지게 한다면 우리도 나갈 수 없습니다. 그렇게 되면 내년까지 기다려야 합니다. 아니. 성난 크로노스 무리가 우릴 공격할 수도 있습니다. 저들은 우릴 도와 주는 게 아닙니다. 마치 누군가에게 교육을 받은 것처럼 무의식적으로 호신석에 반응해 배 밑 부분을 두드리는 것뿐입니다. 아마 과거 게이트를 만든 마법사가 그렇게 만들어놓은 것 같습니다."

라블레스 백작은 왜 크로노스를 공격해선 안 되는지에 대해서 다급하게 설명했다.

지금의 세상에선 마법의 맥이 끊겼기에 자세한 원리는 알수 없지만 그간 게이트를 십 년간 출입하며 나름대로 알게 된 것이다.

"으음. 우린 아무것도 할 수 없다는 말이냐?"

라블레스 백작의 설명에 카라얀도 어쩔 방법이 없었다. 크로노스의 도움이 없다면 게이트를 통과할 수 없다는 걸 알기 때문이다.

"그렇습니다. 여긴 세상에는 존재하지 않는 곳입니다. 이미 마법도 사라진 지금 할 수 있는 건 아무것도 없습니다. 존재하지 않는 공간에 이렇게 출입하는 것도 어찌 보면 순리에 어긋나는 일이겠지요."

"으음."

카라얀은 절로 신음성이 흘러나왔다.

눈앞에서 수하들이 죽어 나가는데 아무것도 할 수 있는 게 없는 것이다.

콰드드드득.

쿠아아아앙.

이번엔 두 번째 배가 갈라지더니 산산이 부서져 나갔다.

"끄아아악."

우적우적.

"아아아악."

"살려줘어어!'

배에서 떨어져 나간 수하들은 마찬가지로 크로노스에게 이리저리 뜯기며 사라져 갔다.

"배 한 척이 또 부서졌습니다."

"으음. 가장 위급할 때 난 언제나 아무것도 못하는군."

카라얀은 가슴이 답답했다. 십 년 전에 느꼈던 무력감이 또다시 억눌러 왔다.

주변은 수하들의 비명 소리와 크로노스들이 우적대는 소리만이 가득했다.

지옥이 있다면 딱 이런 모습이 아닐까 생각될 정도로 잔혹한 광경이 펼쳐졌다.

"칸! 불가항력입니다. 마음 쓰지 마십시오. 이렇게 도전한다는 자체만으로 저들은 충분히 한 것입니다. 다들 자의로 선택하지 않았습니까? 자책하지 마십시오."

클레이튼은 카라얀이 낙담하지 않도록 위로했지만 모두 같은 마음이었다.

"저 배에 타고 있는 자들의 사연은 다 기록했겠지?"

"예. 제가 모두 보관하고 있습니다."

"지금은 비록 아무것도 할 수 없지만 반드시 바람을 들어 줄 것이다. 누구도 억울하지 않게 다 내가 복수해 줄 것이다."

"그렇게 될 것입니다."

카라얀은 이를 악물었다. 죽음을 각오하면서도 자신을 따라온 수하들.

그들은 각각의 사연을 가지고 있었다. 그를 위해 목숨을 건 것이다.

 망자의 섬 알카스에서도 지워지지 않는 한. 그 한을 풀기
위해 모두는 불가능에 도전한 것이다.

제 6 장

그녀가 살아 있다는 것만으로도

미들랜드 해안가.

보트 한 척에서 세 명의 사내가 빠르게 내리고는 주변을 살폈다. 다행히 아무도 보이지 않았다.

"칸! 친위대를 두고 가는 건 위험하지 않겠습니까? 여기는 미들랜드입니다. 우리를 알카스로 보낸 자들이 주둔해 있을 것입니다."

클레이튼은 걱정스러운 얼굴로 이야기했다. 배에서부터 한 말이지만 카라얀은 카라얀과 친위대 한 명만을 데리고 미들랜드의 땅을 밟은 것이다.

미들랜드는 카라얀의 고향이다. 카라얀의 가문은 미들랜드의 영주였고 카라얀 역시 아르테미스인 동시에 미들랜드의 영주였다. 아르테미스의 신원은 철저히 비밀이 보장되었기에 세상에 알려진 신분은 미들랜드의 영주 남작 카라얀인 것이다.

"클레이튼!"

"예."

"십 년이 지났다. 알카스는 망자의 섬. 저들은 우릴 기억조차 못하겠지. 저들을 기억하는 건 우리뿐이다."

카라얀은 십 년이 지난 지금까지 미들랜드에 많은 병력이 주둔해 있을 거라고는 생각하지 않았다. 알카스로 보낸 시점부터 이미 이들은 잊혀진 존재가 되었기 때문이다.

"하지만 만일의 경우에 대비하심이 좋을 듯합니다."

클레이튼은 혹시 모를 가능성까지도 염두에 두었다. 죽을 고비를 무릅쓰고 세상으로 나왔는데 허무하게 당할 수는 없지 않은가. 친위대와 수하들을 배에 남겨둔 채 단 세 명이서 미들랜드의 영주 저택으로 간다는 건 너무 위험천만한 일이었다.

"아직 느끼지 못했나?"

"무얼 말입니까?"

카라얀의 물음에 클레이튼은 고개를 갸웃했다.

"알카스에서 적응하는 데만 오 년이 걸렸다. 그마저도 예전 힘은 거의 사용할 수 없었지."

카라얀은 주먹을 쥐고는 살짝 마나를 흘려보냈다.

"그렇습니다. 알카스에서는 마나를 제대로 운용할 수 없었으니까요. 이유는 모르겠지만 말입니다."

클레이튼도 카라얀의 이야기에 고개를 끄덕였다. 알카스만의 수수께끼 중 하나가 아닌가. 제아무리 강하다고 해도 처음 알카스에 도착하게 되면 제대로 힘을 사용할 수 없게 된다.

열려 있는 동안에는 상관없지만 하루가 지나고 게이트가 닫히게 되면 그때부터 마나가 급속도로 빠져나가게 되고 마나가 쌓이는 속도도 바깥세상에 비해 한없이 더디다.

마나가 어느 정도 쌓였다고 해도 그걸 운용하는 건 또 다른 어려움을 수반한다. 한마디로 알카스에서는 제대로 된 마나 운용을 할 수 없는 것이다.

결국 알카스에서의 강자는 얼마나 오랫동안 알카스에 있었느냐로 결정된다. 물론 호신석을 가지고 있는 경우는 예외다.

칸 베르무스가 알카스에 도착하자마자 모두를 굴복시킨 걸로 봐서 그렇게 추측할 뿐이다.

"나도 이유는 모른다. 하지만 이곳은 이제 알카스가 아니다. 네 안의 마나가 느껴지지 않느냐?"

"그러고 보니… 오히려 더 강해진 것 같습니다."

클레이튼도 몸 안에 넘쳐흐르는 마나가 느껴졌다. 줄곧 의아한 생각을 가지고 있기는 했지만 워낙 힘든 고비들을 넘긴 터라 깊게 생각하지 못한 것이다.

하지만 카라얀의 이야기를 듣고 나니 불과 얼마 전 알카스에 있었을 때에 비하면 비교할 수 없을 정도로 마나가 꽉 차올랐다.

"나도 원인은 모르겠지만 아무래도 우리 몸이 달라진 것 같다. 알카스를 벗어나서부터 내 안의 마나가 요동을 치는 것 같아. 어쩌면 우리는 과거의 힘을 넘어섰는지도 모른다."

카라얀은 확신할 수는 없지만 현재의 상태를 추측해 보았다. 과거에도 결사대장으로 위명을 날렸는데 지금은 더욱 강해진 자신을 느낀 것이다.

"과연 그런 것 같습니다. 이게 대체 어찌된 일인지……."

클레이튼도 몸 안 곳곳을 체크해 본 후 놀란 표정을 지었다.

카라얀의 말대로 알카스에 끌려가기 전 활약했을 때보다 더 강해진 느낌이다.

"알카스의 존재 자체가 우리의 상식 밖에 있으니 어떤 영향을 받았다고밖에는 설명할 수 없겠지."

"우리가 강해졌다고는 해도 상대 역시 아르테미스입니다."

"가보면 알겠지."

클레이튼은 비록 강해졌다고는 해도 고작 세 명이서 맞서기에는 상대가 너무 강하다고 판단했다. 아르테미스는 강하기도 하지만 은밀함이 무서운 존재들이다.

거기에 병력까지 합세한다면 셋만으로 위기에서 벗어나기는 불가능한 일이었다.

하지만 카라얀은 자신감인지 무모함인지 셋이서 저택으로 가는 걸 고집했다.

"아이린이 살아 있다면… 지난날은 묻어두십시오."

클레이튼은 카라얀이 고집을 피우는 이유를 나름 짐작했다. 될 수 있으면 싸우고 싶은 마음이 없는 것이다. 친위대와 수하들을 데려간다면 싸움은 피할 수 없다.

그렇기에 아이린만을 데려올 생각으로 은밀히 움직이고 싶은 것이다. 클레이튼은 카라얀의 생각을 헤아리곤 미리 선수를 쳤다.

"미안하군."

카라얀은 멋쩍은 듯 한마디 했다.

"그런 말씀 마십시오. 제 바람입니다."

클레이튼은 웃음 지었다. 카라얀은 자신의 대장이자 처남이 아닌가. 여동생 아이린을 위해 모든 걸 버리겠다는 건 클레이튼에게도 어쩌면 고마운 결정이다.

"수하들은?"

"친위대는 당연히 칸 곁에 머물 것입니다. 그리고 수하들 역시 함께하기로 했습니다. 그들은 이곳에서는 죄수니까요. 이미 돌아갈 곳을 잃은 자들입니다."

"그렇군. 가지."

아이린만 무사하다면 알카스를 탈출한 죄수들은 칸을 중심으로 조용히 은거할 생각이었다. 먼저 공격하지 않는 이상 과거의 원한은 가슴 한구석에 묻어두면서.

카라얀 일행은 예전 머물던 저택 근처에 도착했다. 십 년 전이나 지금이나 별로 달라진 모습은 보이지 않았다. 저택을 바라보니 예전 일들이 하나둘 떠올랐다.

"일단 동정을 살피는 게 좋겠습니다."

"우리가 돌아오리라고는 생각하지 못할 것이다. 내가 직접 가지. 이제 만날 수 있는데 시간을 허비하고 싶지는 않다."

카라얀은 아이린에 대한 그리움 때문인지 서둘렀다. 눈앞에 십 년 전의 과거가 펼쳐져 있었다. 한 발만 더 디디면 십 년이라는 공백이 사라질 것만 같았던 것이다.

"아르테미스가 남아 있다면 아이린이 위험할 수 있습니다.

가능하면 충돌은 피하는 게 좋지 않겠습니까? 십 년을 기다리셨으니 잠시만 더 기다려 주십시오."

"으음. 그렇게 하지. 아이린을 위험하게 만들 수는 없으니까."

"월터! 다녀와라!"

"예."

자신의 욕심으로 아이린을 다치게 할 수 있다는 생각에 카라얀은 조금 더 참기로 했다. 십 년을 기다렸는데 몇 시간을 기다리지 못하겠는가. 카라얀은 두근거리는 마음을 가라앉히며 아이린과의 추억을 떠올렸다. 절로 입가에 웃음이 맴돌았다.

*　　*　　*

몇 시간이 지난 후 정찰을 나간 월터가 돌아왔다.

"정찰 임무 마치고 돌아왔습니다."

"보고해라!"

"우선 마을의 분위기는 이전과 큰 차이 없었습니다. 치안을 담당하는 경비 외의 병력은 보이지 않았습니다. 다만 시장의 크기가 줄었고 주민들의 분위기는 팍팍해진 느낌입니다."

월터는 저택과 주민들의 분위기를 전했다. 십 년 전에 비해 외관상으로는 크게 달라지지 않은 듯했다.

"저택은?"

"그자가 차지하고 있었습니다."

월터의 표정이 살짝 찌푸려졌다.

"그자라면?"

"우리 결사대의 발을 묶어 꼼짝 못하도록 배신한 놈 말입니다. 그놈 때문에 저항도 하지 못하고 굴복하지 않았습니까?"

월터의 눈에는 어느샌가 살기가 번득였다. 꽤나 맺힌 게 많은 듯 보였다.

"비트레이!"

클레이튼의 입에서 그의 이름이 흘러나왔다. 클레이튼 역시 자제하고 있지만 눈매는 사나워졌다.

"그렇습니다. 결사대이면서 첩보대에 붙어 우리에게 검을 겨눈 비트레이 그놈입니다."

"우릴 배신한 대가로 미들랜드를 받은 모양이군."

카라얀은 별다른 표정의 변화 없이 읊조렸다. 클레이튼과 함께 결사대의 부대장이면서 카라얀을 배신하는 데 있어 결정적인 역할을 담당한 인물이다.

그는 자신을 따르는 결사대와 함께 아이린을 인질로 잡았고 카라얀은 저항을 포기한 채 순순히 첩보대에 체포된 것이다. 결사대 역시 카라얀의 뜻에 따라 순순히 굴복했다.

왕이 바뀌고 새롭게 열린 세상에서 꿈을 펼치려던 카라얀과 결사대는 가장 위험한 임무를 도맡아 했음에도 차가운 배신의 상처만 입은 셈이다.

"비트레이 그놈이 있다면 아르테미스도 있다는 뜻입니다. 섣불리 움직였다가는 우리의 행적이 보고될 수 있습니다."

"으음."

저택에 접근하는 게 쉽지 않다는 생각에 카라얀은 절로 신음성이 흘러나왔다. 비록 이전보다 강해졌다고는 해도 아르테미스의 눈을 속이고 아이린을 구해올 수 있을지는 자신하지 못했다.

십 년간 아르테미스가 얼마나 강해졌는지 알 수 없고 무엇보다 자신의 힘이 과거에 비해 어느 정도나 강해졌는지 스스로도 가늠할 수 없었기 때문이다.

클레이튼의 말대로 고작 세 명이서 온 건 분명한 실수였다.

"병력은 얼마나 되지?"

"비트레이 그놈이 있다는 걸 알고는 더 이상 접근하기 어려웠습니다. 혹시라도 발각될 것 같아 조심스레 빠져나왔습니다. 아르테미스의 존재는 확인하지 못했습니다. 다만 경비 상황으로 봐서는 병사가 삼백여 명 정도 되어 보였고 기사단도 하나 있는 것 같습니다."

월터는 대략적인 추측만 할 뿐 정확한 정보를 얻는 데는 실패했다. 그만큼 아르테미스의 눈을 피한다는 건 어려운 일이었다.

"너무 막연하군. 대략적인 숫자를 알아야 하는데. 무엇보다 아르테미스가 남아 있는지를 확인해야 한다. 지금 우리의 행적이 드러나서는 곤란할 테니까."

카라얀은 어떤 선택을 해야 할지 갈피를 잡지 못했다. 판단을 하기에는 정보가 너무 부족한 탓이다.

"조금만 기다려 주십시오. 내부 사정을 잘 아는 사람이 올 것입니다."

"그게 누구지?"

"빈센트 총관입니다."

"빈센트 씨가?"

카라얀은 놀란 표정을 지었다. 빈센트는 카라얀의 선친과 인연이 있는 인물로 일찍 부모를 잃은 카라얀을 돌봐준 인물이다. 총관으로 있으면서 집안 살림을 책임졌고 카라얀도 빈센트에게는 언제나 예우를 해주었다.

어찌 보면 카라얀의 최측근인 그가 살아 있는 것도 놀랍지만 원수인 비트레이가 빼앗은 저택에서 여전히 총관으로 있다는 게 더 믿기지 않는 일이었다.

하지만 카라얀에게서는 그를 의심하는 기색은 찾아볼 수

없었다. 그저 살아 있다는 것에 놀라면서도 안도하는 듯 보였다.

"예. 비트레이 그놈에 대한 것도 그분이 알려준 내용입니다."

"살아… 있었군……."

카라얀은 눈동자가 살짝 흔들렸다. 그에게는 부모나 다름 없는 사람이 아닌가.

"총관께서는 칸께서 살아 계시다는 걸 알고 있었습니다."

"뭐라? 이상하군. 알카스에 보내지는 자들은 모두 죽은 것 으로 처리될 텐데."

카라얀과는 달리 클레이튼은 빈센트에 대한 의심을 지우 지 못했다. 비트레이의 측근이 되지 않는 이상 알카스의 존재 는 물론 카라얀의 생사를 알 리가 없기 때문이다.

"분위기를 봐서 눈에 띄지 않게 나오기로 했습니다. 직접 드릴 말씀이 있다고요."

"설마 우리의 위치를 말했느냐?"

"아닙니다. 여기와는 반대 방향을 가르쳐 주었습니다."

클레이튼의 엄한 목소리에 월터는 고개를 저었다. 월터도 나름대로 빈센트를 시험한 셈이다. 과연 비트레이에게 자신 이 왔다는 걸 알릴지 아니면 정말 혼자 나오는지 지켜보기로 한 것이다.

"칸! 총관은 칸의 최측근입니다. 그가 살아 있다는 건… 더이상 믿기 어려운 사람이 되었다는 걸 의미할 수 있습니다. 더욱이 알카스에 대한 것까지 안다는 건… 이미……."

클레이튼은 빈센트가 이미 비트레이의 사람이 되었다고 판단했다. 그렇지 않고는 알 수 없는 비밀들을 너무 많이 알고 있었다.

"그럴 사람이 아니다."

카라얀은 단호하게 말했다.

"이스마엘도 비트레이도, 그 밖의 모든 자들도 그럴 사람이 아니었지 않습니까?"

클레이튼은 카라얀의 단호함에 언성을 높였다. 평소라면 절대 있을 수 없는 태도지만 믿었던 자들에게 너무 큰 배신을 당한 후였다.

클레이튼은 다시는 그런 일을 당하고 싶지 않았다. 그건 죽는 것보다 더한 고통을 가져오기 때문이다.

"빈센트 씨와 만날 장소로 간다. 내 눈으로 확인하겠다."

"함정일지도 모릅니다."

"함정이라면 돌파한다! 누군가를 데려왔다면 다 죽인다!"

"알겠습니다."

카라얀은 직접 부딪치기로 했다. 이번에마저 배신을 당한다면 카라얀의 마음속에 남아 있는 인간으로서의 성품은 아마 메말라 없어지게 되는지도 몰랐다.

＊　　　＊　　　＊

부슥부슥.

"월터 군! 월터 군!"

조심스러운 발자국 소리가 가까워지며 빈센트의 작은 목소리가 들려왔다. 카라얀 일행은 이미 멀리서부터 그를 지켜보고 있었다.

"빈센트 씨!"

카라얀이 직접 앞으로 나섰다.

"카… 카라얀 님!"

"오랜만이군요."

빈센트의 눈이 부릅떠졌다. 월터의 말을 듣고는 설마했는데 정말 눈앞에 카라얀이 나타난 것이다.

털썩.

"이렇게 다시 볼 날만을 기다렸습니다. 질긴 목숨 연명하며 이 날만을… 크흐흑."

빈센트는 주저앉다시피 무릎을 꿇고는 흐느꼈다. 그의 울음 속에서 얼마나 모진 십 년을 견뎌왔는지가 느껴졌다.

"일어나세요. 다시 보니 나도 정말……."

카라얀은 빈센트를 일으켰다. 그를 보니 눈물이 고였다. 카라얀은 애써 눈물을 참았다.

"미행하는 자들은 없었습니다."

이때 월터가 나타나 주변 상황을 보고했다. 빈센트가 배신하지는 않은 모양이다.

"의심받지 않도록 노력은 했는데 다행입니다. 누군가 따라올까 봐 조마조마했는데."

빈센트도 미행하는 자가 없다는 말에 가슴을 쓸어내렸다.

"빈센트 씨께 물을 게 많습니다."

"다 말씀드리지요. 일단 카라얀 님의 저택을 차지하고 있는 비트레이에 대한 것부터 시작하지요."

빈센트 총관은 십 년 전 카라얀이 체포된 후부터 미들랜드에서 일어났던 일들에 대해 이야기를 시작했다.

비트레이는 아르테미스의 결사대 부대장으로 카라얀의 신뢰를 받는 수하였지만 당시 첩보대장 이스마엘과 한통속이 되어 카라얀의 손발을 묶는 데 결정적인 역할을 했다.

그는 그 대가로 미들랜드 영지를 받게 되었고 이곳의 지배자로 군림하고 있었다.

그리고 십 년이 흐른 것이다.

빈센트의 이야기가 계속될수록 모두의 얼굴은 점차 굳어졌다. 카라얀은 별다른 기색을 내비추지 않았지만 그의 눈빛

만큼은 차갑기 그지없었다.

십 년간 자신은 기억을 잃어가며 스스로의 존재조차 망각하곤 했는데 비트레이는 자신이 가졌던 것을 누리고 있었던 것이다.

"저택을 지키는 병력은 얼마나 됩니까? 그리고 영지 내의 병력 상황에 대해서도 아시는 게 있으면 말해주시지요."

클레이튼은 단 일 초라도 비트레이가 누리고 있는 걸 보고 싶지 않았지만 지금은 아이린이 먼저다.

"별관에는 호크 기사단이 머물고 있네. 백여 명이었는데 지금은 오십여 명이 남아 있지. 나머지는 동미들랜드 지역에 가 있네. 그곳은 피네스코 남작이 영주로 있는데 비트레인 영주가 선물을 보내면서 호위를 맡긴 모양이네."

"피네스코… 동미들랜드의 영주로 있는 겁니까?"

클레이튼의 얼굴이 갑자기 딱딱하게 굳어졌다. 이전과 비교할 수 없을 만큼 그의 눈빛은 사나워졌다. 아니, 험악하다고 하는 게 정확할 것이다.

"그렇다네. 세력 다툼에 밀린 모양이네. 욕심을 냈던 중앙 진출은 실패한 셈이지."

빈센트는 피네스코가 동미들랜드의 영주로 있게 된 사연을 간략하게 말해주었다.

"그렇군요… 피네스코……."

클레이튼의 몸이 미세하게 떨렸다. 비트레이의 이야기를 들었을 때도 이 정도는 아니었다. 클레이튼과 피네스코 사이에 뭔가 감춰진 사연이 있는 듯했다.

"병사는 저택에 백 명가량이 있고 삼백가량은 각 초소와 외곽에 있을 것이네."

"클레이튼! 괜찮나?"

"아, 예."

카라얀은 클레이튼의 이런 모습을 본 일이 없기에 걱정스레 물었다. 클레이튼은 최대한 평정심을 유지한 채 답했다.

"빈센트 씨! 다른 자들은 없습니까? 기사나 병사들과는 뭔가 달라 보이는 자들 말입니다."

"그리고 보니 비트레이 영주와 자주 식사를 하는 자들이 있네. 대략 열 명가량이더군. 열 명이 다 모인 적은 없고, 지금까지 쭉 보아온 자는 열 명이었네. 뭐랄까? 평범해 보인달까? 기사는 아닌 것 같고 다부진 체격들도 있지만 평생 공부만 한 것처럼 약해 보이는 자도 있고. 아무튼 분위기는 다양했네. 비트레이 영주와는 꽤 가까운가 보더군. 그들과 식사할 때에는 기사들도 합석하지 못했으니까."

카라얀의 물음에 빈센트는 비트레이와 특별히 가까운 자들에 대해서 이야기했다. 별다른 직책도 없었지만 기사들조차 함부로 하지 못하는 자들.

"아르테미스입니다."

클레이튼은 그들의 정체에 대해서 바로 맞췄다.

"내 생각도 그렇다. 그럼 열 명의 아르테미스가 저택에 있다는 건데……."

카라얀도 클레이튼의 생각과 다르지 않았다. 비트레이는 결사대의 부대장이었고 그를 따랐던 결사대가 스무 명가량이었다. 아마도 나머지 열 명은 다른 직책에 올랐거나 다른 자를 따르고 있을 것이다.

"열 명을 한 번에 제거해야만 합니다. 그렇지 않으면 우리의 행적이 드러납니다."

클레이튼은 아르테미스가 열 명이나 있다는 것이 마음에 걸렸다. 그들은 자취를 감추고자 하면 웬만해서는 찾기 힘들 만큼 훈련이 잘되어 있다.

바로 지척에 있어도 찾아내기 어려울 만큼 은신 능력은 타의 추종을 불허한다. 아르테미스의 전신이 본래 첩보대였기 때문이다.

첩보대에서 출발해 보다 강한 무력을 행사해야 할 필요성으로 결사대가 생겨난 것이다.

"카라얀 님! 가장 듣고 싶어 하실 말씀은 이제부터입니다. 차마 입 밖에 내기 어려운 내용이지만 하도록 하겠습니다. 제가 지금껏 그자의 종노릇을 하며 살 수밖에 없었던 이야기이기 때문입니다."

빈센트는 무척 곤혹스러운 얼굴로 입을 열었다. 카라얀의 시선을 제대로 마주치지 못하는 것으로 봐서는 말하기 꽤나 곤란한 문제인 듯했다.

"아이린에 대한 것이군요."

"그렇습니다."

카라얀은 그가 말하고자 하는 바를 이미 짐작했다.

"살아… 있습니까?"

카라얀의 목소리는 떨렸다. 아무리 해도 평정심을 유지할 수가 없었다. 아직은 그녀의 생사조차 모르기에 과연 빈센트의 입에서 어떤 대답이 나올지 조마조마했다.

"예. 아가씨는 살아 계시긴 합니다."

빈센트는 어렵사리 말했지만 표정은 좋지 않았다.

"아아, 아이린! 고맙다. 살아주어서!"

카라얀은 그녀가 살아 있다는 것만으로도 하늘에 감사했다. 이제 더는 바랄 게 없었다.

"아이린은 어떻게 지내고 있습니까?"

"그것이……."

빈센트는 차마 그녀에 대해서는 더 이상 이야기할 수가 없었다. 입 밖으로 꺼내기조차 죄스러울 만큼 그녀의 현재 상태는 암울했기 때문이다.

"아이린이 살아 있다는 것만으로도 나는 고마울 따름입니다. 얼마나 고생하며 살아왔을지는 각오하고 있습니다. 괜찮으니 말해주세요. 아이린의 존재만으로도 나는 받아들일 수 있습니다."

카라얀은 오직 그녀가 살아 숨 쉬고 있다는 것만으로도 만족했지만 빈센트의 표정은 더욱 안 좋아졌다.

"하아아아. 아가씨는 한마디로 말하면… 지옥에서 살아오셨습니다. 너무나도 끔찍한……."

빈센트는 긴 한숨과 함께 이야기를 시작했다.

"대체 얼마나 힘들었기에 그러십니까?"

"지금도 그 지옥이 계속되고 있습니다. 그리고… 아가씨께서 목숨을 끊지 않으신 이유는… 카라얀 님께서 살아 계시다는 걸 알기 때문입니다. 제가 알게 된 것도 아가씨게 들어서입니다. 아가씨는 단 한 번, 카라얀 님을 뵙기 위해 견디고 계십니다."

빈센트는 아이린이 십 년간 버텨올 수 있었던 이유를 말해주었다. 바로 카라얀. 카라얀이 그랬던 것처럼 아이린 역시 카라얀을 생각하며 하루하루를 견딘 것이다.

하지만 그 대가는 참혹하고 끔찍했다.

"대체 아이린에게 무슨 일이 생긴 겁니까?"

카라얀은 가슴이 세차게 뛰었다. 아이린이 무슨 일을 당했을지 짐작도 되지 않았다.

"비트레이 그놈은 카라얀 님을 배신하는 대가로 이곳 미들 랜드를 얻었을 뿐만 아니라… 아가씨까지도 취했습니다."

"그… 그놈이……."

순간 카라얀의 눈에서 진한 살기가 풍겨왔다. 배신한 것도 모자라 아이린까지 자신의 것으로 만들다니 있을 수 없는 일이다.

"그놈은 인간이 아니라 악마입니다. 지금껏 아가씨의 팔다리에 쇠고랑을 채워 가둬놨습니다. 그리고 생각날 때마다 그곳에 들어가 아가씨를 때리고 학대하고 또… 그 짓을……."

빈센트는 비트레이의 만행을 생각하자 감정이 폭발해서는 그가 지금껏 아이린에게 했던 짓을 이야기했다. 이야기는 더욱 격해졌고 빈센트는 어느 순간 입을 닫았다.

더 이상은 아이린을 욕되게 하는 것 같아 말할 수 없었던 것이다. 하지만 그 내용은 이미 충분히 전달되었다.

"비트레이… 이 찢어죽일 놈이……."

카라얀의 움켜쥔 주먹이 부들부들 떨렸다. 아이린이 어떤 삶을 살아왔을지 이제는 충분히 알 수 있었다. 그야말로 하루하루가 지옥이나 다름없는 것이다.

"제가 아가씨께 하루 한 번 식사를 가져다 드립니다. 아가씨는 이미… 예전 모습을 찾아볼 수 없을 정도로……."

"그런 고통을 당할 바에야 차라리 목숨을 끊지… 왜……."

주루루루룩.

그렇게나 냉혹하다고 알려진 카라얀의 눈에서 저도 모르게 눈물이 흘러내렸다. 너무나 미련하다. 한 번 보는 게 뭐가 그리 대수라고 그런 짐승 같은 놈에게 온갖 짓을 당하며 버틴단 말인가. 지켜주지도 못한 못난 자신을 위해.

"비트레이 그놈이 아가씨께 말했습니다. 카라얀 님께서는 처형당하신 게 아니라고. 갇혀 계시다고. 그놈은 카라얀 님의 목숨을 담보로 아가씨를 유린하고 있습니다. 지금 이 순간에도 말입니다."

"크으으윽. 아이린……."

비트레이의 만행은 모두의 상상을 벗어날 만큼 잔인했다. 카라얀은 이를 악물며 감정을 다스리려 노력했다. 당장이라도 달려가 비트레이를 찢어 죽이고 싶었지만 아이린을 위험에 빠뜨릴 수는 없기에 참고 또 참아야 했다.

"그곳을 지키는 병사들은 얼마나 됩니까?"

카라얀이 더 이상 대화를 할 만한 상태가 아니었기에 클레이튼이 물었다.

"문 앞에 병사 둘이 있는 것 외에 비트레이 그놈과 저녁 식사를 하던 자들이 교대로 지키는 것 같습니다."

"아르테미스! 정녕 너희가 이렇게까지 해야 했단 말이냐!"

카라얀은 분노에 떨었다. 한때 같은 식구가 아니었던가. 그런데 배신도 모자라 어찌 자신의 여인을 유린하는 데 앞장선단 말인가. 출세가 목적이었다면 배신으로 끝났어야 한다.

이렇게까지 잔인하게 해서는 안 되는 것이다.

"아가씨를 구하십시오. 함께 멀리 떠나십시오! 제 소원입니다, 카라얀 님!"

빈센트는 이제라도 아이린을 지옥에서 구해주기를 바랐다. 빈센트가 여태 이곳에 남아 있던 이유도 자신이 떠나면 아이린을 돌봐줄 사람이 없기 때문이다.

십 년을 지켜본 만큼 그녀가 얼마나 고통스러운지 잘 알고 있었다. 이제는 그녀의 바람을 이룰 때가 된 것이다.

"클레이튼!"

"예, 칸!"

"난 내가 해야 할 일을 결정했다! 따르겠나?"

카라얀은 입술을 깨물며 감정을 최대한 절제하고 말했다. 지금 여기서 가장 충동적으로 변할 수 있는 사람은 자신이다. 그렇기에 애써 자제하고 있는 것이다.

"지옥 불속이라도 마다하지 않겠습니다."

클레이튼은 망설임 없이 대답했다. 카라얀이 어떤 결정을 내리든 이미 자신은 따를 준비가 되어 있었다. 그 대가가 목숨일지라도 관계없었다.

"내겐 아이린이 그 무엇보다 우선한다! 아이린이 살아 있다고 한다. 아이린만을 구할 생각이다. 복수는 하지 않는다. 다만 우리의 행적이 아직 드러나서는 안 되니 친위대를 소집하라! 미들랜드를 벗어나는 모든 자들을 척살한다! 누구라도!"

카라얀은 끓어오르는 분노를 억누르고는 아이린이 가장 안전한 방향으로 결정을 내렸다.

그녀만 무사히 구할 수 있다면 비트레이에 대한 복수도 포기할 수 있었다. 오직 아이린의 안전만이 카라얀이 생각하는 전부다.

"명을 따릅니다! 월터! 가서 전해라!"

"명!"

월터는 곧장 해안가로 달려갔다. 해안가에서는 보이지 않는 거리에 떠 있는 두 척의 배. 그곳에는 친위대 삼백과 알카스에서 얻은 수하들이 대기 중이었다.

마음 같아서는 그들 모두를 동원해 미들랜드를 쓸어버리고 싶었지만 카라얀은 이 땅에 미련을 버리는 것으로 모든 은원을 정리할 생각이었다.

제 7 장

네가 있기에 나는 산다

저택으로 돌아온 빈센트는 아이린의 저녁식사를 준비해 창고로 향했다.

그곳에는 아르테미스로 여겨지는 인물이 지키고 있었다. 그의 이름은 베농이다.

"아가씨께 식사를 가져왔습니다."

"영감도 참 대단하슈. 아직까지 그놈의 아가씨 타령. 어떻수? 생각 있으면 영감도 재미 한번 보슈. 눈감아줄 테니까. 지금은 비록 저 몰골이 됐지만 그래도 예전에는 절색 아니었수? 망가지긴 했어도 여느 계집들과는 확실히 다르지. 암."

베농은 추잡한 웃음을 흘리며 아이린에 대한 음탕한 마음을 여과 없이 드러냈다. 십 년간 비트레이뿐만 아니라 창고를 지키는 아르테미스들이 번갈아가며 아이린을 유린해 온 것이다.

"다 늙은 제가 뭘 할 수나 있겠습니까? 걸어 다니는 것도 이젠 지치는데 말입니다."

빈센트는 한 대 후려치고 싶은 마음은 간절했지만 애써 삭힐 뿐이다.

이제 카라얀이 왔고 그가 왔다는 걸 들키지 않는 데 최선을 다해야만 한다.

"하긴. 아무리 계집 몰골이 저리 됐다고는 해도 영감이 감당하기는 좀 벅찰 거요. 큭큭큭."

베농은 빈센트의 아랫도리를 보고는 재미난 듯 비웃었다.

한때 아르테미스라면 그야말로 최정예 중의 최정예였건만 지금 하는 짓은 영락없는 시장통 모리배 수준이다.

"제가 이래 봬도 소싯적엔 인기깨나 있었는데 세월 앞에서는… 휴우우우."

빈센트는 베농의 기분을 상하게 하지 않으려고 장단을 맞춰줬다.

"하하하하. 들어가 보슈! 저 독한 년도 요즘은 빌빌대는 게 이제 독기가 다 빠진 모양인데……. 이러다 뒈지는 거 아닌지 참."

빈센트의 모습에 재미났는지 배농은 웃으며 문을 열어주었다.

"매일 갇혀 있다 보니 그럴 만도 하지요. 괜찮다면 제가 잠시 말벗이라도 해드릴까요?"

빈센트는 배농의 얼굴을 살피며 조심스레 물었다. 평소에는 아이린과 오래 이야기하는 모습만 눈에 띄어도 난리를 친 탓이다.

"그러슈. 허튼짓은 하지 말고. 뭐 허튼짓이라고 할 만한 것도 없겠지만."

"늙은이가 말벗 말고 할 게 뭐가 있겠습니까요? 그저 몇 마디 주고받는 게 다입죠."

"알았으니 들어가 보슈. 그거 다 먹이고. 축 늘어진 게 영 할 맛이 나야 말이지."

"예. 책임지고 다 먹이겠습니다."

배농은 별다른 의심 없이 빈센트를 들여보냈다. 아이린에게 식사는 저녁 한 끼가 전부다. 빈센트가 그걸 책임지고 있었다.

"아가씨! 식사 가져왔습니다."

빈센트는 식사를 앞에 내려놨다. 아이린은 알몸으로, 팔과 다리에는 쇠고랑이 채워져 있었다.

"빈센트 아저씨! 제 선택이 과연 옳았을까요?"

아이린은 힘없는 목소리로 물었다. 얼굴은 생기가 다 빠져나간 것처럼 창백했고 눈빛에서도 예전의 총기는 찾을 수 없었다. 너무 지친 것이다.

"무슨 말씀이십니까? 여태껏 잘 버텨오지 않았습니까?"

"요즘 그런 생각이 들어요. 단 한 번이라도… 그분을 보고 싶은 마음에 모질게 견뎌왔지만 이젠 그분이 살아 있다는 말도 믿기지 않네요. 무엇보다… 그분께 과연 이런 나를 보여드리는 게 잘하는 일인지……."

아이린에게서는 삶에 대한 어떤 의지도 느껴지지 않았다. 이미 자신은 예전과 다르다는 걸 깨달은 것이다. 지금의 모습은 아름다움과는 거리가 먼 몰골이 아닌가.

카라얀이 이런 자신을 보고 기뻐해 줄지도 의문이었다. 이제는 그가 바라봐 주던 예쁜 모습은 찾아볼 수 없기 때문이다.

"그분께서는 아가씨가 살아 계신 것만으로도 감사하고 있을 겁니다. 아니, 분명 그렇습니다. 조금만 더 힘을 내십시오."

빈센트는 울컥했지만 애써 마음을 가라앉히고는 아이린이 희망을 버리지 않도록 위로했다.

"모르겠어요. 이젠… 더 이상 버틸 힘이 없어요."

하지만 아이린의 어깨는 축 늘어졌다. 이제는 자신이 살아 있는지조차 느껴지지 않았다. 왜 버텨야 하는지 그 이유조차 도 점차 사라져 가고 있었다.

"버티셔야 합니다. 제 말을 믿어주십시오. 반드시… 아가 씨를 구하러 오십니다."

빈센트는 아이린이 혹시라도 다른 생각을 할까 그녀에게 희망을 주고자 노력했다. 이제 며칠 내로 이 지옥에서 벗어날 수 있다는 걸 말해주고 싶었지만 밖에 있는 베농이 들을까 봐 할 수도 없었다.

"정말… 그럴까요?"

"물론입니다."

"이런 나여도… 반가워해 주실까요?"

아이린의 눈에 눈물이 고였다. 너무 울어서 이제는 메마른 게 아닐까 생각하면서도 때때로 눈물이 흘러내렸다. 자신의 눈에도 흉측한 몰골과 흉터가 가득한 몸뚱이를 과연 카라얀 이 좋아해 줄지 자신이 없었다.

"아가씨께선 그분이 예전과 다르다 해서 외면하시겠습니 까?"

"어떻게 그럴 수 있겠어요? 그분이 살아 있다는 것만으로 도 제게는 희망이고 삶인데요."

빈센트의 물음에 아이린은 세차게 고개를 저었다. 십 년을 버틴 이유가 무엇인가. 그녀에게 카라얀은 그 존재 자체만으로 이미 충분하다.

"그분 역시 그렇습니다. 아가씨가 살아 계신 것만으로도 그분의 전부가 되시는 겁니다. 그러니… 힘드시더라도 조금만 더 버텨주십시오. 자. 이걸 드십시오. 사셔야 합니다. 좋은 날을 보셔야지요."

"죄송하지만… 제 입에 넣어주시겠어요? 오늘따라 쇠고랑이 너무 무겁네요."

빈센트의 이야기에 아이린은 잠시 움찔했다. 정곡을 찔린 것이다. 빈센트의 말이 맞다. 이제 와서 포기할 수는 없었다.

지금 할 수 있는 건 더한 고통을 견디기 위해 체력을 비축하는 것.

언제가 될지는 몰라도 카라얀이 나타났을 때 그의 앞에 서야 한다. 그가 좌절하지 않도록. 고통에 져 카라얀을 절망하도록 만들 수는 없었다.

"제가 먹여드리겠습니다."

빈센트는 아이린의 입에 스프와 빵을 조금씩 넣어주었다.

'아가씨! 며칠만! 며칠만 버티시면 됩니다.'

빈센트는 아이린의 모습에 가슴이 아팠지만 이제 얼마 남

지 않았다. 그때까지는 아이린이 포기하지 않도록 힘이 되어
주어야 한다.

＊　　　＊　　　＊

"친위대가 미들랜드를 포위했습니다. 단 한 명도 벗어나지
못할 것입니다."

해안으로 달려갔던 월터는 하루 만에 돌아왔다. 이미 미들
랜드는 친위대에 의해 둘러싸였다. 그곳을 지나는 사람은 비
트레이와 관련이 있든 없든 상관없었다.

남녀노소 가릴 것 없이 모두 처단될 것이다.

"수하들은?"

"배는 돌섬 쪽에 잘 위장해 두고 보트로 건너왔습니다. 해
안가에 대기 중이니 신호를 보내면 곧장 지원 올 수 있게 해
두었습니다."

이로써 미들랜드를 공략할 수 있는 모든 준비가 끝났다. 하
지만 그건 만약의 경우를 대비한 것. 아이린을 무사히 구해낼
수 있다면 미들랜드에서는 카라얀과 친위대가 다녀간 사실을
모를 것이다.

"열 명인가?"

"예."

"우리의 목적은 불필요한 싸움이나 복수가 아니다. 가능한 한 교전을 피하고 아이린을 구출하는 데 전념한다. 물론 필요한 경우 적들은 가차 없이 척살한다."

"명!"

카라얀은 친위대를 향해 엄히 말했다. 친위대 삼백 중 열 명이 함께 왔다.

"우리가 갈 곳은 아이린이 갇혀 있는 동쪽 창고다! 곧장 길을 터라! 가라!"

"따르라!"

스스스스슷.

친위대는 소리 없이 모습을 감췄다.

과거에도 아르테미스의 은신 능력은 타의 추종을 불허했는데 알카스에서 십 년간의 경험은 이들의 능력을 더욱 극대화시켰다.

알카스에서 탈출한 모두의 능력이 월등히 높아진 것이다.

*　　　*　　　*

저택의 동쪽 창고에서 비명 소리가 터져 나왔다.

짜아악.

"꺄아아악."

아이린의 고개가 휙 돌아갔다. 입술이 터지고 뺨이 벌겋게 부어올랐다.

"아프냐? 네년이 감히 날 무시해? 날 거들떠보지도 않더니 지금 네년 꼴을 보거라! 짐승만도 못한 네년 꼬라지를!"

비트레이는 아이린을 향해 욕설을 퍼부었다. 이렇게 십 년을 욕하며 때려온 것이다. 아이린을 차지하지 못했다는 열등감과 카라얀을 선택했다는 배신감은 비트레이를 더욱 난폭하게 만들었다.

"때리든 뭘 하든 하고 싶은 대로 해. 무슨 짓을 해도 내 마음만큼은 갖지 못할 테니. 불쌍한 놈!"

아이린은 굴하지 않고 노려보며 말했다. 십 년간 반복된 일이지만 아이린은 단 한 번도 굴복하지 않았다.

"이년이! 이 꼴이 돼서까지 날 능멸해? 정말 죽고 싶더냐?"

짜아악. 퍽. 퍼퍽.

"끄흐흑."

비트레이는 아이린을 무자비하게 때리기 시작했다. 주먹이며 발길질까지 사정없이 했다.

아이린은 뼈가 끊어지고 숨이 막힐 듯 아팠지만 방어조차 제대로 할 수 없었다.

고스란히 비트레이의 매질을 몸으로 견디는 것이 할 수 있는 전부였다.

"아니지. 네년을 쉽게 죽게 할 수는 없지. 살아라. 오래오래. 내 장난감으로. 크하하하."

비트레이는 매질을 멈추고는 아이린을 향해 큰 소리로 비웃었다.

십 년이면 긴 세월이고 이렇게까지 했으면 지칠 만도 한데 비트레이의 증오는 더더욱 커져 가는 느낌이다.

단 한 번도 자신을 향해 따뜻한 눈빛은커녕 두려움조차 보이지 않는 그녀의 오기에 더 화가 난 것이다.

"네놈은… 반드시 대가를 치르게 될 것이다."

"네년이 그렇게나 그리워하던 카라얀 그놈이 말이냐? 미련한 년! 절대 그런 일은 없다는 걸 정말 모르겠더냐? 쯧쯧."

비트레이는 비아냥거리며 혀를 찼다. 이제 아이린에게서 마지막 남은 희망까지도 앗아가려는 모양이다.

"설마… 그동안 거짓말을……."

아이린은 가슴이 철렁 내려앉았다. 가슴속에서 불길한 느낌이 강하게 들기 시작했다.

"뭐, 생각하기 나름이겠지."

"그럼… 그분께서는… 돌아가셨느냐?"

아이린의 목소리는 심하게 떨렸다. 이제껏 단 한 가지만을 바라며 버텨왔는데 그 하나의 희망이 사라지려 하고 있다.

"살아는 있겠지. 지금까지 살아 있는지는 모르겠지만. 네 년도 들어는 봤을 것이야. 알카스라고! 흉악한 죄수들을 가두는 곳이지."

비트레이는 아이린을 괴롭히는 재미에 잔뜩 흥이 나서는 떠벌리기 시작했다.

"그분께서 그곳에 계신다고?"

"지금까지 살아 있을지는 내가 어찌 알겠느냐?"

"살아 계실 것이다. 누구도 그분을 해하지 못할 테니. 그리고… 네놈을 벌할 것이다."

아이린은 처형당하지 않았다는 것만으로도 충분히 안심했다.

카라얀이라면, 자신이 기다리고 있다는 걸 안다면 어떤 상황에서도 포기하지 않을 것이라 믿기 때문이다.

"흥. 과연 네년이 바라는 날이 올까 모르겠구나. 오늘은 기분이 잡쳐서 그냥 가마. 사실 네년 몸뚱이를 보면 이제는 흥도 안 나니까. 네년을 안을 바에야 거리의 여자를 안는 게 더 낫겠지."

비트레이는 마지막까지도 아이린을 모욕하는 걸 잊지 않았다. 아이린을 이 꼴로 만든 장본인이 아닌가.

"그분께서 네놈을 그리 생각해 주셨는데 어찌 네놈은 은혜를 원수로 갚느냐?"

아이린은 언제나 냉정함을 유지했지만 이번에는 울컥해서 소리쳤다.

짜아아악.

"흐윽."

비트레이의 거친 손바닥이 아이린의 얼굴을 후려쳤다. 그녀는 고통에 절로 비명이 새어 나왔다.

"이년이 미쳤나. 누가 누굴 생각해 줘? 공에 눈이 멀어 지놈을 따르던 우리를 사지에 몰아넣고도 언제나 당당했던 그놈 말이냐? 내가 이미 마음에 두고 있었던 네년을 빼앗아간 그놈 말이냐?"

비트레이는 흥분해서는 고래고래 소리를 질렀다. 본래 결사대는 아르테미스 내에서도 가장 위험한 곳에 투입되는 자들이다.

카라얀은 어떤 임무도 순순히 받아들였고 어떤 악조건에서도 임무를 수행해 왔다. 모든 영광은 그에게 쏠릴지 모르지만 결사대원들은 언제나 죽음을 곁에 두고 살아온 것이나 다름없다.

무엇보다 카라얀보다 아이린을 먼저 알았던 건 비트레이였다. 비트레이는 오래전부터 아이린을 마음에 담아왔지만 결국 표현해 보지도 못한 채 포기해야 했던 것이다.

"네놈의 천박한 생각으로 그분을 평가하지 마라. 네놈이 날 마음속에 담아두었다는 지저분한 말도 하지 마라. 난 네놈을 단 한 번도 생각한 일이 없거니와 네놈이 정말 나를 마음에 두었다면 이리하지는 못했을 테니. 네놈은 그저 네놈이 저지른 짐승 같은 짓거리에 대한 변명이 필요했을 뿐이다."

아이린은 단호하게 맞섰다. 먼저 알았다는 것이 사랑할 자격을 얻는 건 아니다. 클레이튼의 벗이었던 비트레이가 아이린을 먼저 알게 된 건 당연한 일이다.

"미친년이 이제 발악을 하는구나. 오냐. 매가 필요하면 때려주마! 정신이 돌아올 때까지."

퍽. 퍽. 퍼퍽.

비트레이는 그냥 가려던 생각을 버리고는 무자비하게 구타하기 시작했다. 스스로에 대한 열등감과 용기를 내지 못했던 자책감은 아이린에 대한 증오로 바뀌었다.

끼이이익.

"일은 다 보셨습니까?"

비트레이는 땀에 흥건히 젖어 창고를 나왔다. 밴쉬는 의미심장한 표정으로 물었다.

"밴쉬! 저년도 이제 처리할 때가 된 것 같아. 영 마음이 동하질 않아."

비트레이는 찌푸린 얼굴로 투덜거렸다.

"예쁜 꽃이라도 세월 앞에선 시들게 마련이지요. 큭큭."

밴쉬는 음흉한 얼굴로 웃었다.

"너희도 재미 보려거든 알아서들 해라. 난 한잔해야겠으니. 생각 있으면 오고."

"그럼 볼일 보고 금방 가겠습니다."

"그래. 먼저 한잔하고 있지."

비트레이는 술이 아니고서는 이 더러운 기분이 풀리지 않을 것 같았다.

비트레이가 가고 나자 밴쉬는 기다렸다는 듯 창고로 들어갔다. 거기에는 아이린이 쓰러져 부들부들 떨고 있었다. 얼마나 맞았던지 주변은 피와 땀으로 흥건했고 얼굴은 물론 온몸이 붓고 피투성이가 되어 있었다.

"흐흐흐. 영주님 반응을 보니 네년하고 재미 볼 날도 얼마 남지 않은 것 같구나. 오늘은 찐하게 놀아볼까?"

밴쉬는 아이린을 끌어안으며 가슴을 움켜쥐었다. 아이린은 체념한 듯 아무런 저항도 하지 않았다. 십 년을 이렇게 당해왔고 반항한다고 해도 막을 수 없기 때문이다.

요즘은 건강도 안 좋아져 몸에 힘이 없었다. 카라얀이 돌아올 때까지 버티려면 체력을 아껴둬야만 했다.

"이년이 요즘은 반항도 안 하고 말이야. 그러니 영주님께서도 흥이 안 생기지. 반응도 없고. 하지만 난 괜찮다. 멀리서 바라보기만 했던 네년을 이렇게 품을 수 있다는 게 어디냐? <u>호호호</u>."

밴쉬는 아이린의 상태가 어떻든 신경 쓰지 않고 제 할 일에 몰두했다. 밴쉬 역시 아이린의 미모에 반해 한때 넋을 잃지 않았던가.

대장인 카라얀의 여인이었기에 감히 내색하지는 못했지만 한 번쯤은 나쁜 상상을 했었다.

그런데 지금 그 상상이 이루어진 것이다. 그것도 십 년간 계속해서. 그는 탐욕에 몸을 맡기곤 인간으로서의 양심을 저버렸다.

"아르테미스라는 이름이 아깝구나!"

이때 낮으면서도 스산한 목소리가 귓가에 울렸다. 바로 등 뒤에서 나는 소리다.

"웬 놈이냐?"

쉬이이이잇.

터어억.

밴쉬는 재빨리 몸을 틀었지만 그보다 더 빠르게 파고든 손은 목줄기를 움켜쥐었다.

"커헉. 누… 누구……."

밴쉬는 괴로운 표정으로 눈앞의 사내를 바라봤지만 누구

인지 알아채지 못했다.

"무뎌졌구나. 네 공간에 내가 들어오는 것도 전혀 눈치채지 못하고. 배신의 대가로 얻은 탐욕이 네 감각까지도 둔하게 만들었다."

카라얀은 밴쉬의 짐승 같은 짓에 앞서 한때 아르테미스의 결사대였던 밴쉬가 이렇게 쉽게 등을 내줬다는 것에 실망했다. 아르테미스의 결사대는 아르테미스 중에서도 최정예가 아닌가.

아무리 정신이 다른 데 팔렸다고 해도 이건 아니다.

"대체… 누구……."

콰아악.

"끄으윽."

밴쉬는 여전히 카라얀을 알아보지 못했다. 아니, 카라얀일 것이라는 생각을 할 수 없었던 것이다.

"그새 내 목소리도 잊었느냐? 그럼 이건 어떠냐?"

화르르륵.

카라얀의 왼손에서는 붉은빛이 감돌더니 붉게 타올랐다. 붉은 오러. 그것은 결사대장 카라얀의 상징이다.

"허억. 붉은 오러… 대… 대장!"

밴쉬는 그제야 자신의 목줄기를 움켜쥐고 있는 사내가 누구인지 알아챘다.

콰직.

"꾸어억."

카라얀은 목줄기를 잡았던 손을 옮겨 그의 턱을 움켜쥐고는 그대로 바스러뜨렸다.

우드득.

"끄어어어."

카라얀의 발이 밴쉬의 무릎을 찍어 내렸다. 무릎이 반대로 꺾이며 부서졌다. 밴쉬는 끔찍한 고통에 부들부들 떨었다.

찌지지직.

푸화아아악.

카라얀은 밴쉬의 오른팔을 잡아 비틀더니 그대로 찢어발기듯 뽑아버렸다. 거짓말처럼 오른팔이 빠지며 살갗이 찢겨나갔다. 붉은 피가 뿜어졌다.

"끄으으으으."

밴쉬는 이어지는 고통에 정신이 아득해졌다.

우드드득.

털썩.

카라얀은 밴쉬의 목을 잡아서는 그대로 돌려 버렸다. 목뼈가 부러지는 소리와 함께 밴쉬의 눈동자가 돌아가더니 이내 바닥에 무너져 내렸다.

콰직.

카라얀은 그것으로는 성이 차지 않았는지 밴쉬의 목을 밟아 완전히 부러뜨리고는 몸뚱이에서 떨어뜨려 놓았다.

"설… 설마……."

카라얀의 목소리가 들려 왔을 때부터 아이린의 심장은 요동쳤다. 보지 않아도 알 수 있다. 그녀는 그렇게 기다려 왔던 사람이 찾아왔다는 걸 직감했다.

"아이린! 미안해! 나 때문에… 나 때문에……."

카라얀의 눈에서는 눈물이 쉴 새 없이 흘러내렸다.

평소 눈물이 많지 않았지만 지금 이 순간 울지 않을 수는 없다. 그의 눈에 비친 아이린은 그야말로 성한 곳이 없었다.

이미 과거의 모습은 찾아볼 수 없을 정도였다.

뼈만 남은 앙상한 몸에 검은 멍과 찢어져 아문 흉터가 수북했다.

얼굴도 조금 전 비트레이에게 얻어맞아 퉁퉁 붓고 피범벅이 되어 있었다.

카라얀의 가슴이 잘게 잘게 찢어지는 느낌이다.

"카라얀! 정말 당신이 맞는 건가요?"

아이린은 부어서 제대로 보이지도 않는 눈을 힘겹게 뜨고는 직접 확인하려 노력했다.

"너무 늦게 와서 미안해. 더 빨리 왔어야 했는데… 당신이 이렇게 고통을 받을 줄은… 크흐흑."

카라얀은 아이린의 눈을 바라볼 수가 없었다. 어떻게 사람을 이 지경으로 만든단 말인가.

이 가녀리고 약한 여인이 십 년간 얼마나 끔찍한 고통을 받아왔는지 카라얀은 알 수 있었다.

온몸의 세포 하나하나가 꿈틀거린다. 머리털이 곤두서 뽑힐 것 같다.

카라얀은 친구에게 배신당했을 때보다 더한 분노에 전율마저 일었다.

이 세상 전체를 뒤집어엎는다 해도 이 분노는 가라앉지 않을 것이다.

그녀에게 세상이 지옥을 보여준 것이라면 이제는 이 세상을 지옥으로 만들고 싶었다.

"울지 말아요. 이렇게 와주신 것만으로도 나는… 더 이상 바랄 게 없어요. 오늘 죽는다 해도 이제 난… 원이 없어요."

"아이린!"

카라얀은 아이린을 끌어안았다. 조금만 힘을 줘도 부러질 것처럼 뼈가 앙상했다.

아이린을 이런 꼴로 만든 비트레이와 관련된 모든 자들을 찢어 죽이고 싶었지만 지금은 아이린의 안전이 우선이다.

아이린이 살아 있다는 것에 만족해야 한다. 그렇지 않으면 그녀의 고통을 끝낼 수 없기에.

"가자, 아이린! 이 짐승 같은 것들의 손이 닿지 않는 곳으로. 앞으로는 내가 지켜줄게. 이 세상 그 누구도 당신에게 해를 끼치지 못하는 곳으로."

쉬이이익.

철컹.

카라얀은 아이린의 손발의 쇠고랑을 잘라냈다. 손목과 발목은 쇳독이 올라서인지 검게 죽어 있었다.

"카라얀! 부탁 하나 할게요."

"얼마든지."

"괜찮으면 나 좀 안아줄래요? 걸은 지가 오래되서… 빨리 가지 못할 것 같아요."

아이린은 미안함과 부끄러움에 얼굴이 붉어졌다. 십 년간 한두 발자국 외에는 걸을 수 없었기에 걷는 것조차 힘든 상태다.

"아무 걱정 하지 마. 내가 있으니까."

카라얀은 망토를 벗어 아이린을 감싸주고는 번쩍 들어올렸다. 생각했던 것 이상으로 가벼웠다.

가슴이 찢어지는 것처럼 아팠지만 카라얀은 애써 내색하지 않았다.

지금 슬퍼하는 건 오히려 아이린을 더욱 고통스럽게 만든다는 걸 알기 때문이다.

"병사들은 처리했습니다. 아르테미스는… 아… 아이린!"

"오라버니!"

"대체……."

클레이튼의 얼굴이 딱딱하게 굳어졌다.

아이린의 퉁퉁 부어 찢긴 얼굴과 망토 사이로 드러난 팔다리에 선명하게 남아 있는 흉터들. 그 아리땁고 귀여웠던 동생이라고는 할 수 없을 정도였다.

너무 놀라 화조차 내지 못할 만큼 클레이튼은 충격을 받았다.

"빠져나간다! 길을 터라!"

"예, 가시지요."

카라얀의 지시에 클레이튼은 입술을 깨물며 돌아섰다.

카라얀은 바로 해안가로 가는 것보다는 마을 쪽으로 내려왔다. 그녀의 몸 상태가 긴 여행을 하기엔 너무 약해져 있었기 때문이다.

빈센트의 소개로 믿을 만한 집에 숨어들었다.

아이린은 벽을 붙잡고 조심스레 걸어갔다. 서 있을 힘도 없었지만 카라얀에게 덕지덕지 붙은 핏자국을 보여줄 수는 없었기 때문이다.

"아이린! 내가 씻겨줄까?"

"아니에요. 혼자 할 수 있어요."

"필요하면 불러. 밖에 있을게."

카라얀은 마음이 아팠지만 지켜볼 수밖에 없다.

"그런데 마을에 있어도 괜찮을까요? 내가 없어진 걸 알면 비트레이 그자가 찾아 나설 텐데요. 아마 마을부터 뒤질 거예요."

아이린은 다시금 악몽 같은 순간이 올까 두려웠다. 눈앞에서 아무런 저항도 못하고 끌려가던 카라얀. 이번에도 그의 발목을 잡을 수는 없지 않은가.

"산으로 갔다고 생각할 거야. 아르테미스라면 우리가 남겨 놓은 흔적을 놓치지 않을 테니까."

"그럼 안심이네요. 금방 씻고 나올게요."

아이린은 애써 미소 지었다. 카라얀을 다시 만난 기쁨만큼이나 그의 앞에서 초라하고 흉한 모습을 보여야 하는 비참한 마음에 괴로웠지만 이렇게 볼 수 있다는 행복에만 집중하기로 했다.

"천천히! 이제 마음 편히 가져."

"알았어요."

문이 닫히자 카라얀의 주먹에는 힘이 들어갔다. 지금도 끓어오르는 분노를 참을 수가 없다.

찢어지는 가슴을 억누르는 게 너무 힘들다. 카라얀은 옥상
으로 올라가 하늘을 바라봤다.

초승달이 무척이나 슬퍼 보인다.

"칸!"

"클레이튼!"

"설마 저렇게까지 당했을 줄은……."

클레이튼의 입술이 떨렸다. 얼마나 어여쁜 동생이었던가.

원수지간에도 저렇게까지 만들기는 쉽지 않다. 남자라 해
도 십 년을 저렇게 버틴다는 건 거의 불가능한 일.

하지만 세상물정 모르고 곱게만 자란 아이린은 지옥 같은
시간을 견뎌낸 것이다. 클레이튼은 가슴으로 울고 있었지만
카라얀의 아픔보다 더하랴.

그 앞에서만큼은 감정을 자제해야 했다.

"미안하다. 아이린을 지켜주지 못해서."

카라얀은 클레이튼을 볼 면목이 없었다. 그에게 약속하지
않았던가. 아이린을 누구보다 행복하게 해주겠노라고.

"아닙니다. 어찌 칸의 잘못입니까? 우리를 배신한 모든 자
들의 잘못일 뿐입니다."

"아이린을 생각하면 당장이라도 복수하고 싶지만 난… 아
이린이 행복했으면 한다. 평생 옆에서 그녀를 위해 살아도 되

겠나?"

카라얀은 세상에 대한 원망과 복수보다는 아이린을 택했다.

그녀가 예전 모습 그대로였다면 복수를 포기하지 못했을지도 모른다. 하지만 지금 그녀 곁에는 자신이 있어야만 했다.

"예, 아이린은 칸 옆에 있고 싶어 할 겁니다. 그것이 제 동생의 행복이니까요."

클레이튼은 카라얀의 결정을 존중했다. 이렇게나 엉망이 된 아이린을 두고 어찌 세상과 싸운단 말인가.

"미안하다. 그리고, 고맙다."

"제가 고마워해야지요. 제 동생을 위해 칸께서 모든 걸 버리신 걸 아는데요."

카라얀은 클레이튼의 손을 잡았다. 클레이튼도 카라얀의 그런 마음을 느꼈다.

"아이린의 체력이 너무 약해 이동하기 어려우니 삼 일만 이곳에서 지내기로 하지. 아이린을 배에 태우고 나면 네 아내의 행방을 찾는다. 그 후에 배를 타고 적당한 곳을 찾자. 차라리 이 나라를 떠나는 것도 좋겠군."

카라얀은 세상과의 인연을 정리하기로 했다.

"알겠습니다."

클레이튼은 대답하고 돌아섰지만 그의 표정은 무척 굳어 있었다.

눈에는 분노와 슬픔이 복잡하게 얽혀 있었다.

제 8 장

내 전부를 잃었다

십 년 만에 창고를 벗어난 아이린에게 그 이틀은 어느 때보다 행복한 날이었다. 무엇보다 카라얀과 함께 있다는 것이 그녀에게는 더할 수 없는 기쁨이다.

비록 몸은 망가지고 전신이 흉터투성이가 되었지만 마음만큼은 여전히 사랑스러웠던 십 년 전과 다르지 않았다.

그녀는 십 년 만에 처음으로 웃음 지었다.

"아이린! 이것도 좀 먹어봐."

"방금 먹었잖아요. 이러다 뚱뚱해지면 어쩌려고요."

"난 당신이 마르든 뚱뚱하든 상관없어. 건강하기만 하면 돼. 당신은 언제나 아름다우니까."

"치. 거짓말."

"거짓말 아냐. 당신이 얼마나 예쁜데."

카라얀과 아이린은 모처럼 행복한 시간을 가졌다. 여느 때와 같은 평범한 일상. 서로를 챙겨주며 즐거워하는 모습. 십년 전으로 되돌아간 것 같았다.

"오늘이 이곳에서의 마지막 밤이군요."

아이린은 아쉬운 듯 말했다. 지옥 같은 십 년을 끝마치고 달콤했던 삼 일. 오늘 밤이 지나면 계획했던 대로 배를 타고 아무도 찾지 않는 곳을 찾아 떠나기 때문이다.

"말했던 대로 해안가에 배가 있어. 수하들도. 당신과 함께 살 땅을 찾아 떠날 생각이야."

"알카스라는 곳에서 탈출한 걸 알면 추격하지 않을까요? 그곳은 대륙 모든 나라 죄수들이 모이는 곳이라면서요. 그럼 다른 나라도 안전하지 않을 텐데요."

아이린은 카라얀의 계획이 걱정스러웠다. 그가 강하다는 건 알지만 세상을 상대로 싸울 수는 없기 때문이다. 이 나라를 떠난다고 해서 위험이 사라지는 건 아니다.

세상 어디를 가도 쫓겨 다녀야 할 운명이 아닌가. 그 점이 못내 걱정스러웠다.

"우리가 발붙일 곳이 없겠어? 내가 알아서 할 테니 당신은 내 곁에 있으면 돼."

"난 걱정이에요. 내가 당신의 짐이 될까 봐. 또다시 당신이 그런 곳에 갇히는 건 싫어요."

아이린은 십 년 전처럼 자신이 카라얀의 약점이 되는 게 두려웠다. 만일 자신이 인질이 되지만 않았어도 카라얀은 그렇게 쉽게 잡히지 않았을 것이고 십 년간 알카스에 갇혀 있지도 않았을 것이다.

아이린이 십 년간 고통을 참고 버틴 건 카라얀에 대한 죄책감 때문이기도 했다.

"누구도 우리를 가둘 수는 없어."

"당신이 강한 건 알아요. 하지만 저들 역시 강하잖아요. 지금 당신의 세력으로는 추격을 따돌리는 것도 벅찰 거예요. 저는 또다시 당신을 위험에 빠뜨리는 약점이 될 거예요."

카라얀은 단호하게 말했지만 아이린의 걱정을 덜어줄 수는 없었다. 두 번 다시 카라얀의 발목을 잡는 일만큼은 사양하고 싶은 것이다.

"우리는 과거와 달라. 자세한 건 모르겠지만 과거에 비해 몇 배로 강해진 것 같아. 아니, 그 이상인지도 몰라. 내 예상조차 훨씬 뛰어넘을 정도로. 나도 내 한계가 어디까지인지 이제는 모를 정도니까."

"어떻게 그게 가능하죠? 계속 갇혀 있었을 텐데."

카라얀의 이야기는 아이린으로선 이해하기 힘든 것이었다. 그저 자신의 부담을 덜어주기 위한 거짓말 정도로밖에는 들리지 않았다.

"우리가 갇혔던 곳은 감옥이 아니야. 어떤 섬이었어. 그리고 그곳은 다른 차원이라고 했어. 들어가는 순간 마나가 사라져 버려 적응하는 데 6년이 넘게 걸렸지. 처음 그곳에 도착하고 하루가 지났을 때……."

카라얀은 알카스에 처음 가게 되었을 때의 이야기를 시작했다. 이야기가 계속될수록 거짓말로 여겼던 아이린도 점차 빠져들었다. 들으면서도 무척이나 신기했던 것이다.

"다른 차원에 계셨다니… 너무 놀라워요."

아이린은 흥미로운 반응을 보였다. 마법이라는 게 없는 세상에서 다른 차원에 대한 이야기는 호기심이 생길 수밖에 없다.

"이곳으로 돌아오고 나니 왠지 내 몸도 힘도 달라진 것 같아. 밴쉬라는 놈 알지?"

"그럼요. 십 년을 괴롭혔던 사람인데."

아이린의 얼굴이 살짝 어두워졌다. 그에게 당했던 일들이 떠올랐기 때문이다.

"미안. 안 좋은 기억을 떠올리게 해서."

"아니에요. 그런데 그자는 왜요?"

"내가 그놈보다 강한 건 맞지만 그렇게 일방적으로 죽인다는 건 과거라면 불가능해. 그놈은 내 기척조차 못 느낀 것 같으니까. 적어도 내가 등 뒤로 다가가기 전에 알아챘어야 하거든. 아무리 수련을 게을리 했다고 해도 밴쉬는 아르테미스야. 그것도 결사대에서 수위를 다툴 만큼."

카라얀은 밴쉬를 처리했을 때를 떠올렸다. 당시 아이린에게 몹쓸 짓을 하고 있던 걸 봤기에 카라얀도 꽤나 흥분한 상태였다. 기척을 완전히 죽이는 데 실패한 셈이다.

하지만 밴쉬는 알아차리지 못했다. 아르테미스라면 아무리 자신보다 강한 상대라 해도 절대 뒤를 잡히지 않는다. 혹독한 수련을 거친 탓이다.

앞에서 죽을지언정 뒤에서 공격을 받지 않는 게 아르테미스고 결사대다. 하지만 밴쉬는 완전히 뒤를 잡힌 것이다.

"제가 보기에도 너무 쉽게 당한 것 같았어요. 마치 아무런 힘도 쓸 줄 모르는 사람처럼."

"내 생각이 맞다면 나뿐만 아니라 수하들 모두 알카스로 들어가기 전과는 비교할 수 없을 만큼 강해진 것 같아."

카라얀은 이곳에서의 경험들을 통해 예상했던 것보다 더 강해졌다고 판단했다.

"정말인가요? 날 안심시키려는 게 아니라?"

아이린은 완전히 믿을 수도, 그렇다고 부정할 수도 없었다.

밴쉬가 당하는 장면을 직접 목격했기 때문이다.

"사실이야. 웬만한 군대가 동원된다고 해도 우리를 어쩔 수 없을 거야. 나와 친위대, 그리고 수하들까지 있으니까. 전쟁을 직접 치르지 않는 이상 단순한 추격대로는 절대 우리의 상대가 되지 않아."

"그렇군요. 당신을 해칠 수 없다니 정말 다행이에요. 이제야… 마음이 놓여요."

아이린은 안도하는 표정으로 말했다. 카라얀의 말을 이제는 믿게 된 것이다.

"당신은 아무것도 걱정하지 마. 누구도 당신을 괴롭힐 수 없게 하겠어."

"이제 당신을 이렇게 봤으니 더 이상 바라는 건 없어요. 아니, 더 바라는 건 내 욕심이겠지요."

"앞으로 영원히 함께하게 될 거야."

"고마워요, 카라얀!"

카라얀은 아이린의 가녀린 어깨를 부드럽게 감쌌다.

"빨리 오지 못해서 미안해."

"정말… 당신의 행적이 드러나도 위험하지 않은 거죠? 정말이죠? 추격대로는 당신을 어쩌지 못하는 게 맞는 거죠?"

아이린은 아직도 안심이 안 됐는지 묻고 또 물었다. 뭔가 확신을 갖고 싶은 모양이다.

"그렇다니까. 당신 오빠인 클레이튼 혼자서도 저택에 있는 모든 자들을 죽일 수 있을걸?"

카라얀은 알기 쉽게 그의 오빠 클레이튼을 예로 들었다.

"거긴 아르테미스도 있잖아요. 비트레이 그자는 오빠와 같은 부대장이구요."

"과거라면 불가능하겠지만 이제는 아니야. 조금 전에 말했듯이 클레이튼의 힘만으로 비트레이와 나머지 아르테미스를 모두 죽일 수 있을 정도로 강해졌어."

"정말인가 보군요."

"그렇다니까."

"이제 안심할게요."

"그래."

아이린의 표정이 밝아졌다. 카라얀이 안전하다는 데 대해 완전히 믿게 되었다. 그가 안전하다면 더 바랄 것이 없었다. 그녀에게 카라얀은 남은 삶이었기 때문이다.

"카라얀! 얼굴 한 번만 만져 볼게요."

"얼마든지."

주루루루룩.

아이린은 카라얀의 얼굴을 어루만지며 눈물을 흘렸다. 울려고 한 건 아니지만 멈출 수가 없었다. 카라얀은 그대로 놔두었다. 아이린의 손길이 멈출 때까지 계속.

그저 마음속으로 같이 울 뿐이다.

"당신의 이 느낌을 영원히 간직할게요."

아이린은 카라얀의 감촉을 잊지 않으려고 노력했다. 얼굴에서 손을 떼는 게 너무 아쉬웠지만 이제는 눈을 감으면 느낄 수 있을 만큼 깊게 새겨졌다.

"왜 그래? 안 볼 사람처럼. 앞으로 늙어 죽을 때까지 함께 있을 텐데."

카라얀은 마치 떠나는 사람 같은 아이린의 행동에 고개를 갸웃했다. 만지고 싶으면 언제든 만질 수 있기 때문이다.

"그냥요. 저… 너무 피곤해요. 먼저 자도 되겠어요?"

"그럼. 내일은 이동해야 하니까 푹 자."

"내일 봐요, 내 사랑!"

"좋은 꿈 꿔."

아이린은 부드러운 미소를 짓고는 방으로 들어갔다. 카라얀은 문이 닫힐 때까지 지켜봤다. 그녀의 뒷모습이 아름다워 보였다. 이렇게 그녀를 바라볼 수 있다는 게 얼마나 행복한지 카라얀은 매순간 느끼는 중이다. 다시는 그녀의 곁에서 떨어지지 않겠다는 각오와 함께.

*   *   *

마을에서의 삼 일을 보내고 이제 아이린과 새로운 삶을 시작할 날이 밝았다. 해안가까지는 반나절 이상 걸리는 만큼 카라얀은 아이린이 푹 잘 수 있도록 옥상에 올라와 느긋하게 하늘을 바라봤다.

알카스에서의 삶부터 많은 일들이 스치고 지나갔다. 하지만 이제 미련은 없다. 원한도 복수도 모두 버렸다. 마음을 비우고 나니 그렇게나 미웠던 마음도 주체할 수 없던 분노도 사그라졌다.

"칸!"

"무슨 일인데… 표정이 그래?"

하늘을 보며 느긋한 일상을 즐기고 있을 때 클레이튼이 다급한 목소리로 불렀다.

"아이린아……."

클레이튼의 표정은 혼이 나간 사람처럼 보였다. 얼마나 당황하고 놀랐는지 입은 끔뻑거리지만 더 이상의 말은 나오지 않았다.

카라얀은 아이린의 방을 향해 쏜살같이 달려갔다. 불길한 느낌이 가득했다.

"아이린!"

방으로 뛰어들어 간 카라얀은 그대로 굳어버렸다.

"이게 무슨……."

카라얀은 머릿속이 하얗게 변했다. 뭐라고 해야 할지 생각나지도 않았다. 그저 눈앞에 벌어진 상황이 비현실처럼 느껴졌다. 붉은 피가 바닥에 흥건했고 아이린은 눈을 감고 있다.

깊이 잠든 게 아닌가 생각해 보지만 바닥을 적신 붉은 피가 시작된 곳은 아이린의 가슴.

그리고 그곳에 박혀 있는 서슬 퍼런 단검 한 자루.

"아… 아이린… 아이린……."

카라얀은 멍한 표정으로 아이린을 향해 한 걸음 한 걸음 다가갔다. 그녀가 지금이라도 일어나 왜 그러냐고 말해줄 것 같았다. 하지만 아이린의 어깨를 감쌌을 때는 이미 싸늘하게 식어 있었다.

"아이리이이인!"

그제야 카라얀은 현실을 깨달을 수 있었다. 십 년간 지옥과도 같은 고통을 겪었던 아이린이 행복할 시간도 없이 이 세상에서의 삶을 끝낸 것이다.

카라얀은 비통하게 절규하며 그녀의 이름을 불러보지만 이제는 영원히 대답 없는 이름이 되어버렸다.

"칸! 이걸 아이린이… 크흑."

클레이튼은 서신을 건넸다. 아마도 아이린이 마지막으로 남긴 유서인 듯했다.

카라얀은 아이린을 안은 채 서신을 조심스레 펼쳐 보았다.

서신 말미에 떨어진 눈물 자국들. 아이린은 주체할 수 없는 슬픔을 감내하며 한 자 한 자 써나갔을 것이다.

"당신을 다시 만나게 된 건 내게는 그 무엇과도 바꿀 수 없는 행복이었어요……."

카라얀은 아이린이 마지막 남긴 글을 최대한 또박또박 읽기 시작했다. 그녀의 마지막 유지는 모두의 것. 카라얀은 그녀의 뜻이 왜곡되지 않도록 차근차근 읽어내려 갔다.

하지만 떨리는 목소리와 눈물만큼은 참을 수 없었다. 임무에 있어서는 냉혹하기로 유명했던 아르테미스, 그중에서도 차갑고 단호하기로는 으뜸인 카라얀도 이 순간만큼은 나약한 인간일 수밖에 없었다. 모두 애써 울음을 참으며 카라얀이 읽어가는 서신에 귀를 기울였다.

당신을 다시 만나게 된 건 내게는 그 무엇과도 바꿀 수 없는 행복이었어요. 당신과의 만남을 꿈꾸며 나는 현실을 부정했답니다. 지금 이건 악몽이다. 그렇게 십 년간 악몽을 꾸며 살았답니다. 그리고… 당신이 악몽에서 깨도록 해주었어요. 너무 행복했어요. …중략… 나는 당신에게 사랑스럽고 예쁜 여자로 남고 싶어요. 내 이 망가진 몸뚱이로 당신에게 어떻게 안길 수 있겠어요. 내 이 흉측한 얼굴로 어떻게 당신을 바라보겠어요 …중략… 내게 가장 중요한 건 당신이랍니다. 복수 따위는 필요 없었어요. 당신만 안전할 수 있다면. 그런데… 너무 억울해요. 너무 미워요. 당신과 함께할 수 있는 자격을 빼앗아간 자들이… 너무나 이기적이고 미안하지만… 난 그들을 저주해요. 할 수 있다면… 그들에게 벌을 내려주세요. 나를 망가뜨려 당신 앞에 설 수 없게 만든 자들을…… 당신에게 너무 가혹하고 큰 짐을 준다는 걸 알지만… 그건… 제 목숨 값이라고 생각해 주세요. 정말 미안해요. 당신과 함께할 수 없을 만큼 망가져 버려서. 안녕! 내 사랑!

서신을 읽고 또 읽었다. 카라얀은 싸늘히 식은 아이린을 부둥켜안은 채 그렇게 석상처럼 앉아 있었다.

*　　　*　　　*

꼬박 하루가 지나고 카라얀은 자리에서 일어났다. 아이린의 시신을 안고서.

"클레이튼!"

"예."

클레이튼은 비장한 표정으로 대답했다.

"아이린의 장례를 치르기 위해 필요한 것이 있다. 부족하겠지만 일단은 한 가지라도 있어야 하지 않겠나?"

"명하십시오! 칸!"

"아이린의 고통스러운 기억을 지우고 싶다. 이곳 미들랜드를 지운다! 비트레이와 아르테미스, 기사단은 물론 그 가족까지 단 하나도 남기지 마라! 미들랜드 출신의 병사를 제외한 나머지 병사들은 모두 척살한다! 막아서는 자들 역시 척살하라!"

"명을 수행하겠습니다! 칸!"

카라얀은 아이린의 혼을 위로하기로 했다. 그녀가 죽어서도 고통받지 않도록 그녀를 괴롭게 한 모든 걸 소멸시킬 생각이다.

"해안가에 있는 수하들에게 신호하라! 미들랜드를 포위하고 있는 친위대 전원을 소집하라! 오는 도중 만나는 자들은 남녀노소를 가리지 말고 모두 척살하라!"

"명!"

"내게서 가장 소중한 걸 빼앗아간 자들은 알게 될 것이다. 살아 있다는 게 얼마나 고통스러운 것인지를!"

이제 카라얀을 옭아매고 있던 고삐가 풀렸다. 더 이상의 자비는 없다. 망설임도 없다. 아이린 때문에 포기했던 세상에 대한 복수에 아이린을 위한 제물까지 더해진 셈이다.

제 9 장

공포는 공포를 낳는다

항구도시 에스파니안의 앞바다에는 정체 모를 보트 하나가 모습을 드러냈다. 망망대해를 작은 보트 하나로 나가는 건 말도 안 되는 일. 보트를 발견한 병사는 그 즉시 상부에 알렸다.

항구에 즉시 병사들이 깔리고 기사들이 동원되었다.

"배를 띄워라!"

"예."

소형 보트 두 대가 출발했다. 거기엔 수상전에 능한 기사가 각각 다섯 명씩 타고 있었다.

"웬 놈이냐? 이곳은 아무나 입항할 수 없는 곳이다!"

기사는 라블레스 백작을 향해 소리쳤다.

"난 라블레스 백작이다. 노를 저을 힘도 없으니 어서 배를 가까이 대거라!"

라블레스 백작은 엄한 표정으로 자신을 소개하고는 지시를 내렸다. 사실 이곳까지 노를 저어 오느라 그야말로 죽을 고생을 한 것이다.

처음엔 카라얀과 함께 오려고 했지만 그러기엔 위험부담이 너무 컸다. 어차피 이곳에서 알카스의 소식을 아는 건 불가능했고 최소한 일 년간은 감쪽같이 속일 수 있었기 때문이다.

일 년 안에 가족을 데리고 떠나면 모든 만사형통이다.

"라블레스 백작님이라면… 혹시……."

"맞다. 얼른 배를 대라니까!"

"아, 예. 배를 가까이 대라!"

라블레스 백작을 알아본 기사는 얼른 병사들을 시켜 가까이 갔다. 그의 몰골은 말이 아니었다.

"이게 대체 어찌된 일입니까?"

"말하자면 길다. 단장님은 계신가?"

"지금 시장님과 계신 걸로 압니다."

"어서 배를 항구에 대거라. 단장님을 뵈어야 한다."

"알겠습니다."

라블레스 백작은 기진맥진해서는 보트에 축 늘어졌다. 혹시라도 들킬까 봐 항구와는 상당히 멀리 떨어진 곳에서 카라얀 일행과 헤어진 것이다.

이틀간 줄곧 노를 저어 이곳까지 왔으니 진이 빠질 만했다.

보트가 항구에 도착하고 기사는 단장에게 보고하기 위해 얼른 달려갔다.

"뭐라? 라블레스 백작이? 그것도 보트를 타고 혼자?"

대양호송단장 맥세스는 황당한 표정으로 되물었다. 떠날 때는 열 척의 배와 열 명의 메신저가 출발했는데 배는 모두 잃고 라블레스 백작만이 돌아왔기 때문이다.

"예. 지금 이곳으로 오는 중입니다."

"알겠다. 어서 데리고 오거라."

"예."

기사는 급히 나갔다.

"단장! 설마 실패한 건가? 이번 임무는 꽤 중요했을 텐데. 알카스와의 연락이 끊기게 되면 무슨 일이 생길지 모르네."

알버크 시장은 걱정스레 이야기했다. 대양호송단은 헤르메네스 왕국에 위치하고 있지만 대륙 각국의 지원금을 받아 운영된다. 그만큼 여러 나라와 밀접한 관련이 있는 것이다.

특히 알카스와 관련된 임무는 대양호송단이 존재하는 이유나 다름없었다.

대양호송단에서 거둬들이는 수입으로 운영되는 항구도시인 만큼 알버크 시장으로선 메신저의 임무가 중요할 수밖에 없었다.

"저도 잘 모르겠습니다. 배까지 잃은 걸로 봐서는 아마도 그런 듯싶습니다."

"음. 열 척 중에 이번엔 한 척도 성공하지 못했다니…….거참. 배에 결함이라도 있었던 것 아닌가?"

"배는 튼튼하게 제작했습니다. 하지만 아무리 튼튼하게 제작했다고 해도 백 프로 안전하다고 할 수는 없습니다. 그리고 다른 위험 요소도 있으니까요."

"하긴. 뭐, 자세한 건 들어보면 알겠지."

여기서 왈가왈부해 봐야 아무런 결론도 나지 않기에 일단은 라블레스 백작에게 자초지종을 듣기로 했다.

똑똑.

"라블레스 백작을 모셔왔습니다."

"들여라!"

"단장님! 시장님! 임무를 마치고 귀환했습니다."

라블레스 백작은 초췌한 얼굴로 인사를 했다.

"오오, 다녀왔단 말인가?"

"그렇습니다."

"그런데 배는? 자세히 설명해 보게. 임무는?"

맥세스 단장은 라블레스 백작의 상태보다도 일단 임무의 성공 여부가 가장 궁금했다.

"예. 일단 가는 도중 습격을 수차례 받았고 게이트를 통과하기 전 크로노스의 공격으로 저와 베리컨 자작의 배만이 게이트를 통과했습니다. 하지만 다시 나온 후에 크로노스의 공격으로 우리 배가 완파되었고 남은 구명보트를 이용해 간신히 빠져나왔습니다."

라블레스 백작은 간략하게 있었던 일들을 이야기했다. 물론 카라얀에 대한 이야기는 생략한 채.

"그럼 생존자는 자네 혼자란 말인가?"

"저도 사실 죽었다고 생각했습니다. 하지만 천운인지 이렇게 돌아올 수 있었습니다."

"그래도 임무를 완수했다니 다행이군."

맥세스 단장은 그나마 알카스에 다녀왔다는 사실에 안도했다. 그렇다면 임무는 성공한 셈이다.

"배를 잃어 죄송합니다."

"아닐세. 배야 다시 만들면 되는 것이고. 임무를 완수했으면 자네의 소임은 다한 것이야. 고생했네."

"감사합니다."

라블레스 백작은 눈치를 살피며 사과했지만 맥세스 단장은 개의치 않았다. 물질적인 손해야 얼마든지 메울 수 있으니 크게 상관은 없었다. 이번에도 라블레스 백작은 성공리에 임무를 완수한 것이다.

과연 메신저계의 전설이라 불릴 만했다.

"그래. 베르무스 공은 잘 있던가?"

"그게……."

맥세스 단장의 물음에 라블레스 백작은 곤혹스러운 표정을 짓는 것이 무척 당황했다.

"말해보게. 무슨 기미가 보이던가?"

"저와는 벌써 오래된 사이가 아닙니까? 그런데 저를 못 알아봤습니다. 마치 처음 본 사람처럼. 그리고 분위기도 많이 달라져 있었습니다. 솔직히 말하면… 그게……."

라블레스 백작은 잠시 고민하는 척하더니 알카스에서 있었던 일을 이야기했다. 물론 다 꾸며낸 내용이다. 이곳에 오기 전에 베젤과 함께 수도 없이 입을 맞춘 내용이다.

단장과 시장을 속이기 위해 그럴듯하게 꾸민 것이다. 전직 시장이었던 베젤의 도움이 컸다.

"괜찮으니 말해보게."

"정신이 좀 오락가락하는 것 같았습니다."

라블레스 백작은 말하면서도 과연 괜찮을지 걱정스러웠

다. 알카스의 속사정에 대해서는 전혀 모르는 만큼 과연 이런 거짓말이 통할지 의문이었기 때문이다.

멀쩡한 사람을 정신이상자로 몰아가는 게 어찌 먹히겠는가. 하지만 반응은 의외였다. 베젤의 말대로 거짓말이 너무도 자연스레 먹힌 것이다.

"으음, 역시 그렇군. 너무 오래 있었어. 호신석도 세월 앞에서는 어쩔 수 없는 것인가……."

맥세스 단장은 심각한 표정으로 고개를 저었다. 마치 베르무스의 정신이 나갔다는 걸 이미 알고 있는 듯했다. 베르무스가 알카스에 들어간 지 이십여 년 가까이 되었기 때문이다.

"큰일이군. 베르무스 공을 대신할 인물을 아직 정하지 못했는데 말이야. 얼마나 더 버틸지 모르겠군."

알버크 시장도 근심 어린 얼굴로 이야기했다. 알카스 섬의 특성에 대해서 잘 아는 듯했다.

"얼마 가지 못할 것 같습니다. 괜히 망자의 섬이라고 불리겠습니까? 베르무스 공이기에 지금까지 버텨온 것입니다."

"하긴, 웬만한 사람 같았으면 벌써 미쳤겠지. 임무는커녕 제가 누군지도 잊을 테니까."

두 사람은 베르무스가 언제 정신줄을 놓을지 몰랐기에 꽤나 불안해했다. 세상과는 단절된 알카스의 칸이 왜 이 두 사람에게 중요한 것인지는 알 수 없었다.

"서둘러야겠습니다. 다음 게이트가 열릴 때에는 베르무스 공을 대체할 인물을 보내야 합니다."

"대표단을 소집해야겠군."

"소식을 전하지요."

"그리해 주게. 사안이 시급한 만큼 빠를수록 좋겠지."

두 사람은 베르무스와 관련된 회의를 소집하기로 했다. 대표단은 대륙 각국을 대표하는 인물들이 모이는 회의다. 왕국을 초월한 전 대륙적인 기구로, 관련자가 아닌 한 그 존재 자체가 비밀에 붙여져 있었다.

"저… 저는 그럼……."

라블레스 백작은 두 사람의 대화에 끼어들기 뭣해 틈만 보고 있다가 어렵사리 말을 꺼냈다.

"자네에 대한 보상은 약속한 대로 해줘야지. 어떤가? 다음 번에도 한 번 다녀오는 게."

맥세스 단장은 어떤 역경 속에서도 살아 돌아오는 라블레스 백작에게 한 번 더 임무를 맡기고 싶었다. 지금껏 십 년간 살아 돌아온 자는 라블레스 백작이 처음이기 때문이다.

"벌써 십 년째입니다. 죄송하지만 더는 못하겠습니다. 제 목숨도 목숨이지만 함께한 동료들이 눈앞에서 죽는 건 정말이지 더는……."

라블레스 백작은 화들짝 놀라서는 손사래를 쳤다. 이번에 당한 일도 있고 더는 할 엄두가 나지 않았다. 무엇보다 믿었던 호위기사들이 사실은 메신저들을 베기 위한 존재라는 걸 안 이상 그들과 한배를 타는 것만큼은 사양하고 싶었다.

"알겠네. 자네만 한 메신저가 없는데 아쉽군."

"죄송합니다."

라블레스 백작은 미안한 듯 머리를 긁적였지만 더 이상의 강요가 없자 속으로는 쾌재를 불렀다.

"아닐세. 수일 내로 보상금을 지급하도록 하지. 원한다면 적당한 영지도 소개해 줄 수 있네. 자네 재산이라면 충분히 살 수도 있을 것이야. 말만 하게."

"제가 봐둔 곳이 있습니다."

"그런가? 알겠네. 그럼 가서 쉬게. 가족들도 만나봐야지."

"예. 그럼 물러가겠습니다."

라블레스 백작은 맥세스 단장의 호의도 거절했다. 한시라도 빨리 이곳을 떠나고 싶은 마음뿐이었다. 거짓말을 한 게 알려진다면 가족의 목숨이 위태로웠기 때문이다.

그동안 모아놓은 재산을 가지고 이들이 찾지 못할 곳으로 도망가 숨어 사는 게 라블레스 백작의 유일한 바람이었다.

라블레스 백작은 시장실을 나와 숙소를 향했다. 걸어가며 두 사람의 대화가 머릿속을 맴돌았다. 십 년간 알카스를 다녀왔지만 처음 듣는 내용이다.

보통 앞에서 이런 이야기는 하지 않지만 워낙 상황이 다급했고 라블레스 백작은 십 년이나 메신저를 해온 인물이었기에 아마 별 신경을 쓰지 않은 듯했다.

"이게 다 무슨 소리지? 베르무스를 대신해? 그건 저자들이 베르무스가 칸이 되도록 도와줬다는 말인가? 휴우, 나랑 무슨 상관이냐. 이렇게 살아남았으니 된 것이지."

라블레스 백작은 두 사람의 대화를 이리저리 끼워 맞춰봤지만 도무지 답이 나오지 않았다.

*　　　*　　　*

미들랜드 저택에서는 아이린을 찾기 위해 혈안이 되어 있었다. 비트레이는 기사들과 병사들, 그리고 아르테미스까지 동원해 아이린의 뒤를 쫓았지만 별 성과는 없었다.

"아직도 그년을 못 찾았느냐?"

비트레이는 신경질적으로 소리쳤다.

"숲으로 난 흔적을 따라가 봤지만 감쪽같이 사라졌습니다. 마치 하늘로 솟은 것처럼 말입니다."

"밴쉬를 그렇게 만든 걸로 봐서는 결코 만만한 자들이 아니다. 아니, 미친놈들이지. 어찌 죽여도 그 지경으로."

비트레이는 침입자의 실력보다도 잔혹하게 죽여놓은 것에 주목했다. 단지 아이린을 구하기 위해서라면 그렇게까지 할 필요는 없다. 다리가 부러지고 팔이 뽑힌 것도 모자라 머리까지 떼어놓았으니 엽기적인 짓임에는 분명했다.

"아무리 방심했다고 해도 그렇게 당할 리가 없는데 뭔가 이상합니다."

커크는 밴쉬가 제대로 된 저항도 하지 못하고 당했다는 게 마음에 걸렸다.

"예전부터 그년에게 마음이 있던 놈이 아니냐? 보나마나 그년과 놀아나느라 정신을 못 차렸겠지."

비트레이는 밴쉬가 평소 아이린에 홀딱 빠져 있는 걸 생각하자 절로 짜증이 밀려왔다.

"창고에 침입한 흔적을 찾을 수가 없습니다. 몇 명이나 되는지도 사실 파악하지 못했습니다."

"너희! 아무리 아르테미스를 관뒀다고 해도 너무 나태해진 것 아니냐?"

밴쉬는 찌푸린 얼굴로 나무랐다.

"우리의 능력을 의심하십니까?"

"물론 너희를 믿는다. 나 역시 예전에 비해 약해졌다는 생각은 하지 않으니까. 하지만 결과가 이렇지 않으냐!"

"저희도 마찬가지입니다. 한 번 아르테미스는 영원한 아르테미스입니다. 누구도 우리 눈을 속일 수는 없습니다."

커크는 아르테미스의 자존심이 구겨지는 것만큼은 참을 수 없었는지 다소 반항적인 반응을 보였다. 지금은 미들랜드에서 비트레이를 호위하고 있지만 아르테미스라는 자부심은 언제나 갖고 있었기 때문이다.

"마을은 뒤져 봤나?"

"설마 마을에 숨어 있겠습니까?"

"등잔 밑이 어두운 법. 인원을 나눠 마을과 숲을 뒤진다. 병사들과 기사들을 동원해라. 필요하다면 영지군까지 소집하고."

비트레이는 아이린이 도망갈 만한 가능성이 있는 곳은 모두 수색하기로 했다. 아이린의 몸 상태로 멀리 가지는 못했을 터. 이번에 잡으면 밴쉬의 복수까지 더한 고통으로 앙갚음해 줄 생각이다.

"제대로 걷지도 못하는 계집 하나 때문에 그렇게까지 일을 벌일 필요는 없습니다. 우리만으로도 충분합니다."

커크는 아르테미스 외의 병력을 동원하는 게 자존심이 상했다.

"못 믿어서가 아니다. 확실히 하기 위함이지. 우린 아직 침입한 자들의 정체는 물론 숫자도 모르지 않느냐?"

"그건 그렇습니다만……."

비트레이의 물음에 커크는 대답할 수 없었다. 처참히 당한 밴쉬 때문에 감정이 격해져 있지만 비트레이의 말대로 적에 대해서 아는 게 전혀 없는 것이다.

"영지군은 되었고 기사단과 병사들을 모두 동원해서 찾아라! 반드시 찾아야 한다!"

"알겠습니다."

커크는 자존심은 상했지만 일단은 비트레이의 지시에 따르기로 했다. 자존심은 나중에 회복할 수도 있지만 시간을 더 지체하면 영영 찾지 못할 수도 있기 때문이다.

"대체 어떤 놈들이길래 감히 내 물건을!"

비트레이는 십 년이나 아무 일 없었는데 갑작스레 나타나 아이린을 데려간 자들이 누구인지 전혀 감이 잡히질 않았다.

그에게 아이린은 가지고 놀기 좋은 장난감일 뿐이지만 이런 식으로 빼앗기고 싶은 생각은 없었다.

*　　　*　　　*

마을과 숲으로 병력을 나눠 수색한 지 한 시간도 되지 않아 빈센트가 허겁지겁 들어왔다.

"영주님! 잠시 나와 보십시오!"

"무슨 일인데 그리 호들갑이야?"

"정원에……."

빈센트는 놀란 표정으로 정원 쪽을 가리켰다.

"가뜩이나 정신 사나운데."

비트레이는 짜증을 내며 정원으로 향했다. 그곳에는 보자기 열 개가 놓여 있었다.

"저 안에 뭐가 들은 거야?"

"그게……."

빈센트는 당혹스러운 표정으로 머뭇거렸다.

"이거 참 답답해서. 뭐길래 표정이 그래?"

비트레이는 성큼성큼 걸어갔다. 보자기는 붉게 물들어 있었고 주변 잔디도 마찬가지였다.

"이게 뭐야? 설마… 허억."

비트레이는 보자기 속을 보고는 기겁을 했다. 그 안에는 사람의 머리가 각각 들어 있었는데 낯익은 얼굴이었다. 숲으로 보냈던 호크 기사들의 머리였던 것이다.

"영주님! 괜찮으십니까?"

이때 숲으로 수색을 나갔던 호크 기사단장 핸드릭이 다급하게 뛰어왔다.

"이게 어찌된 일이냐? 왜 이놈들 머리가 여기에 있느냐?"

비트레이는 생각지도 못한 상황에 당황해서는 소리쳤다.

"당했습니다. 언제 그랬는지 기사들이 하나둘 사라지더니… 목이 잘린 채 나무 말뚝에 꿰어져 있었습니다."

핸드릭은 숲에서 있었던 일들을 이야기했다.

"뭐라?"

핸드릭의 이야기에 비트레이는 기가 막힌 표정이 되었다.

"영주님께 변고라도 생겼을까 달려왔는데 설마 기사들의 머리가 이곳에 있을 줄은……."

핸드릭도 보자기에 쌓인 머리를 알아보고는 말문이 막혔다. 숲에서 당한 기사들의 머리였던 것이다.

"어디냐? 가자!"

"위험합니다."

"어서 안내해라!"

"예. 그리 멀지 않은 곳입니다."

핸드릭은 비트레이와 함께 기사들의 시체가 있는 곳으로 향했다.

저택에서 그리 멀지 않은 곳으로 기사들은 수색에 나선 지 얼마 되지 않아 당한 것이다.

다른 기사들은 동료가 당하는 것도 눈치채지 못했고 한 시간가량이 지나서야 그들이 당한 걸 알게 되었다.

"이… 이 미친놈들이……."

비트레이는 기사들의 시체를 보자 경악했다. 그냥 죽인 것
도 아니다. 상처로 봐서는 엄청난 고통을 당한 듯했다. 얼굴
이며 몸은 성한 곳이 없었고 찢기고 뜯겨 있었다.

게다가 머리마저 없는 몸을 나무 말뚝에 꿰어놨으니 보는
것만으로도 식겁할 만큼 잔혹한 모습이다.

주변의 기사들이나 병사들의 표정을 보더라도 얼마나 놀
랐는지 알 수 있었다.

"저 짓거리를 하는 동안에 아무도 눈치채지 못했단 말이
냐?"

비트레이는 짜증이 폭발했다. 정원에 기사들의 머리가 놓
여진 것도 기가 찰 노릇인데 최정예라며 떠들던 기사들이 제
동료가 옆에서 당하는 것조차 알지 못했다는 데 화가 나지 않
을 수 없었다.

"전혀 몰랐습니다. 어떻게 당했는지도 모르겠습니다. 아
니, 적이 도대체 몇인지도 모르겠습니다. 마치 귀신에게라도
당한 것처럼 기사들은 아무런 저항도 하지 못한 것 같습니
다."

핸드릭은 당황한 얼굴로 당시의 사정을 이야기했지만 직
접 본 게 없었기에 그저 추측성 변명을 늘어놓는 게 전부였
다.

그만큼 적은 은밀히 접근해 일을 벌이고는 소리 없이 사라

진 것이다. 기사들로서는 속수무책이었다.

"일단 모두 철수시킨다. 아무래도 적이 생각보다 많은 것 같다. 이대로는 각개격파 당할 수 있다."

"바로 철수시키겠습니다."

비트레이는 마을과 숲으로 병력을 나눈 것이 패인이라고 판단했다. 이런 식으로 하나하나 줄어간다면 병력의 우위를 점할 수 없는 건 기본이다.

차라리 뭉쳐서 적을 맞는 게 유리하다고 생각하고는 대응책을 마련하기로 했다.

"대체 어떤 놈들이… 이런 잔인한 짓거리를 한단 말이냐……. 무슨 목적으로……."

저택으로 돌아오는 내내 비트레이는 적에 대해 생각했지만 그들의 정체는커녕 왜 이러는지조차 떠오르질 않았다. 지금 알 수 있는 건 그저 은신 능력이 뛰어나고 잔인하다는 점뿐이다.

*　　　*　　　*

저택으로 돌아온 비트레이는 수색을 나간 아르테미스를 모두 불러들였다. 적은 생각보다 강하고 대담하다. 기사들에게 행한 짓을 보자면 과감하기 이를 데 없다.

시체를 말뚝에 꿰어놓은 것은 그렇다 쳐도 잘린 목을 저택 정원에 가져다 놓은 것은 이쪽을 전혀 겁내지 않는다는 의미가 아닌가.

이런 적과 맞설 때에는 절대 흥분해선 안 된다.

마치 과거 아르테미스의 심리전을 보는 듯한 기분마저 들 정도였다. 비트레이는 강한 위기감을 느꼈다.

"적의 수는 가늠하기 어렵지만 적지 않은 수라고 생각된다. 또한 그들의 실력 또한 만만치가 않다. 흩어져서 수색하는 건 위험하다. 오늘부터는 한 방향씩만 수색한다. 기사들과 아르테미스가 항상 함께할 수 있도록 해라."

비트레이는 또다시 같은 수에 당하지 않기 위해 확실히 방비하기로 했다.

"영주님! 수색 중인 기사 열 명을 기척도 없이 저렇게 만들었다는 건 적들에게 은신 능력이 있다는 뜻입니다. 혹시 아르테미스와 관련되지 않았을까요?"

커크는 상대의 능력을 예사롭지 않게 보았다. 지금 보여주고 있는 건 전형적인 아르테미스의 수법이기 때문이다. 소리 없이 적을 제거하고 공포심을 증대시켜 스스로 무너지게 만드는 심리전이다.

"아르테미스는 이미 해체되었다."

비트레이는 아르테미스에 대해서는 완전히 선을 그었다.

"하지만 쉐도우라는 이름으로 존재하지 않습니까?"

"쉐도우가 우리를 노린다?"

"쉐도우가 아닌 이상 이런 능력을 지닌 자들이 있다는 게 믿기지가 않습니다. 밴쉬가 허무하게 당한 것도 단지 방심했다는 것만으로는 설명되기 힘듭니다."

커크는 계속해서 아르테미스와의 관련성을 떨쳐 버리지 못했다. 아르테미스는 그레고리가 국왕이 된 후 해체시켰는데, 지금은 정보공작원 산하의 비밀조직으로 쉐도우라 불리는 자들이 있다는 소문이 돌뿐 실체에 대해서는 알려지지 않았다.

전신은 아르테미스지만 실질적인 관련성은 적다고 할 수 있다.

아르테미스 대부분은 죽거나 은퇴하고 한 자리씩 얻는 걸로 마무리되었기 때문이다.

"쉐도우가 왜 우릴 공격하겠나? 그것도 이런 식으로."

"그건 저도 모르겠습니다."

"쉐도우는 정보공작원 소속이다. 정보공작원의 수장은 이스마엘 님이시고. 그분이 우릴 쳐내려 했다면 이런 방식을 거칠 필요도 없다."

"하긴 그렇습니다."

비트레이는 그레고리 국왕을 올립시키는 데 가장 큰 공헌을 한 이스마엘이 이런 식으로 자신들을 제거하지는 않을 것이라고 보았다. 그럴 마음이었다면 십 년 전 제거되었을 것이다.

이스마엘은 아르테미스 첩보대장이었고 카라얀을 배신하도록 부추긴 장본인이 아닌가.

무엇보다 지금의 이스마엘이라면 이렇게 비밀리에 작전을 펼 이유가 없다. 직접적으로 병력을 끌고 와 체포하든 죽이든 원하는 대로 할 수 있는 힘이 있기 때문이다.

커크도 아르테미스와 관련이 있다고 생각할 뿐 그 배후가 이스마엘이라고는 생각하지 않았다.

"지금 우린 적에 대해서 전혀 모르고 있습니다. 하지만 저들이 창고의 계집을 데려갔다는 사실에 주목할 필요가 있습니다."

"그년과 관련되었단 말이냐?"

"그렇지 않다면 굳이 그년을 데려갈 이유가 있겠습니까? 그리고 지금의 공격 방식은 아르테미스 시절의 심리전과 비슷한 양상을 띠지 않습니까?"

커크는 아르테미스는 물론 아이린과도 연관 지었다.

아르테미스와 아이린이 동시에 관련되었다면 답은 하나뿐이다. 하지만 그 답은 불가능하기에 더욱 혼란스러운 것이다.

"네가 하고 싶은 말은 그러니까… 우릴 공격하는 게 아르테미스다? 그것도 그년과 관련된? 누구를 말하고 싶으냐? 바다 건너 어딘가 존재한다는 알카스라는 곳에 처박아놓은 놈 말이냐?"

비트레이도 커크가 무슨 이야기를 하려는 것인지 알아채고는 성난 표정으로 언성을 높였다. 꿈에서도 생각하기 싫은 자가 아닌가. 비트레이의 입장에서는 자신의 것을 빼앗아 간 꼴 보기 싫은 자일 뿐이다. 그에 대한 앙금으로 지금껏 아이린을 괴롭혀 왔을 만큼 비트레이의 마음속에는 증오와 열등감으로 가득 차 있었다.

"제가 너무 앞서 나간 것 같습니다. 상황이 워낙 답답하다 보니. 죄송합니다."

커크는 얼른 사과했다. 카라얀에 대한 이야기는 아르테미스에 있어서는 금기나 다름없는 것이다.

아르테미스에 대한 자부심과 맞물려 어떤 이유로든 배신했다는 건 자부심에 금이 가는 것. 떳떳할 수는 없는 일이다.

"그년과 관련된 결사대는 모두 알카스로 보내졌다. 너희는 모르겠지만 알카스에서 탈출하는 건 불가능하다. 나도 들은 이야기지만 그곳은 이 세상에는 없는 곳이라고 한다."

"없는 곳이라니요?"

"다른 차원의 공간이지. 이 세상과는 영원히 끝이란 말이다."

"설마 그런 곳이 실제로 있단 말입니까?"

비트레이의 이야기에 커크는 꽤나 놀란 표정을 지었다. 마법의 맥이 끊겨 지금은 이야기 속에나 전해지는 그런 세상이 존재한다는 건 믿기 힘든 일이다.

모두는 알카스라는 곳을 그저 바다 건너 외딴섬의 감옥 정도로 알고 있었기 때문이다.

"그렇다. 나도 이스마엘 님께 들어서 알게 되었다."

"그냥 죽였으면 될 일을 아무리 탈출이 불가능하다고는 해도 왜 그곳에 보냈는지 사실 이해가 되지 않습니다."

커크는 굳이 평생을 썩혀둘 것이라면 왜 살려뒀는지 의아했다. 혹시라도 카라얀이 탈출하게 된다면 그 뒷감당은 생각도 하기 싫었다.

만일 다른 차원으로 보내 버려 다시는 돌아오지 못한다고 해도 마찬가지가 아닌가.

아무런 쓸모도 없는 자들을 왜 처형시키지 않고 그곳에 보냈는지 상식적으론 이해하기 힘든 일이었다.

"나도 거기까지는 모른다. 내가 알고 있는 건 이스마엘 님은 카라얀 대장을 죽일 생각이 없었다는 것이다. 아마도 처음부터 알카스에 보내려고 한 게 아닌가 생각된다."

비트레이는 나름대로의 생각을 이야기했다. 이스마엘과 자세한 이야기를 나눈 일이 없기에 그저 추측할 뿐이다.

배신을 지시하면서도 이스마엘은 카라얀에 대한 어떤 적개심 같은 걸 내보인 적이 없었고 가장 강조했던 점이 절대 죽이지 말라는 당부였기 때문이다.

"이해할 수 없군요."

커크는 고개를 저었다. 뭔가 앞뒤가 맞지 않는 것 같았다.

"나도 이상하게 생각했던 부분이지만 더 이상은 말씀을 안 해주시니 알 도리가 없지."

비트레이도 두 사람과 관련되어서는 커크나 별 차이가 없었다.

이스마엘은 언제나 비밀스러운 사람이었고 첩보대장이면서도 왕족이나 고위귀족들과 다방면으로 친분을 이어갔던 인물이다.

아르테미스의 위상이 높아진 것도 이스마엘의 공이라고 할 수 있었다.

십 년 전 반란의 선봉에 선 것 역시 아르테미스다. 아르테미스는 상대 진영 귀족들 대부분의 암살에 성공했고 당시 그레고리 후작은 적은 세력으로 국왕의 자리에 오르게 된 것이다.

그 덕분에 이스마엘은 정보공작원의 수장이 되었고 지금

은 후작의 위를 받았다.

항간에서는 그레고리 국왕보다 더 큰 권력을 누리고 있다고 말할 정도로 이스마엘은 높은 곳에 올라섰다.

"카라얀 대장과 결사대가 관련이 없다면 대체 누가 우리를 공격하는 건지 전혀 감이 잡히질 않습니다."

가장 가능성이 높았던 부분을 제하고 나자 적의 정체에 대해서는 더욱 오리무중이 되었다.

아르테미스와 쉐도우를 제하고 나면 이런 식의 능력을 보일 만한 자들은 없었기 때문이다.

"너무 그년과 관련짓지 마라. 그러다 보니 생각이 막히는 것이다. 밴쉬를 공격했는데 우연히 계집을 보고 데려갔을 수도 있으니까. 모든 가능성을 열어둬라."

"알겠습니다."

비트레이는 아이린을 데려갔다는 게 어떻게 보면 속임수가 아닐까 생각했다.

아이린과 연관 짓다 보니 자꾸 아르테미스 쪽으로 생각이 미치는 것이다.

아이린을 데려간 건 그걸 노린 수작일 가능성도 배제할 수 없었기 때문이다.

"한 시간 후 출발한다. 나도 직접 가겠다. 병사들을 앞세우고 기사단과 너희는 발견 즉시 제압할 수 있도록 한다. 아무리 은신 능력이 대단하다고 해도 밀집한 병사들 틈 사이에서도 몸을 숨기지는 못할 터. 반드시 사로잡아라! 젖먹이 때부터의 일까지 모두 토설하도록 만들 테니."

"알겠습니다."

비트레이는 직접 수색에 참여하기로 했다. 그 역시 결사대의 부대장으로 능력 면에서 본다면 이곳에서 가장 강하다고 할 수 있었다.

제 10 장

도대체 누구냐

"영주님! 또 당했습니다."

호크 기사단장 핸드릭이 허겁지겁 달려와 보고했다.

"뭐야? 어디서?"

비트레이의 얼굴이 절로 찌푸려졌다.

"저택 뒤편입니다. 그리 멀지 않은 곳입니다."

"젠장! 가자!"

비트레이가 도착한 곳은 저택에서 고작 백여 미터 정도 떨어진 숲이었다. 그곳에는 스무 명의 시체가 나무에 매달려 있거나 말뚝에 꿰어져 있었는데 상태는 이전에 발견된 것과 다르지 않았다.

팔다리가 성한 곳이 없었고 온몸은 칼자국과 찢겨 떨어진 듯한 상처들로 뒤덮여 있었다.

기사들은 물론 병사들까지도 이 광경에 두려워했다. 이번엔 아르테미스도 한 명 포함되어 있었다.

"저… 저건……."

"베농입니다."

커크는 침통한 표정으로 말했다.

베농은 다른 시체들보다 더욱 참혹한 상태였다. 몸뚱이는 거꾸로 매달려 있었고 머리는 나무에 꿰어져 그 앞에 박혀 있었다.

"우욱."

"웨에엑."

너무 잔혹한 광경에 병사들이 여기저기서 구토를 하기 시작했다. 살면서 이런 끔찍한 장면을 언제 보겠는가. 병사들의 얼굴에는 두려움이 가득했다.

"나와라! 대체 어떤 놈들이냐? 싸우려거든 앞에 나서라! 이딴 유치한 장난질은 하지 말고!"

비트레이는 숲을 향해 소리쳤지만 아무런 대답도 들을 수 없었다. 기사들만이라면 몰라도 아르테미스인 베농마저 이렇게 당할 정도면 상황은 생각보다 심각했다.

이제는 방심 차원으로 변명할 여지가 없다. 이미 경계하고 있는 상황에서 당했기 때문이다.

"일단 저택으로 돌아간다. 내 명이 있기 전에는 아무도 저택을 벗어나지 못하도록 해라!"

"알겠습니다. 돌아간다! 주변을 경계하며 이동하라!"

비트레이는 병력이 야금야금 갉아 먹히는 걸 방지하기 위해 특단의 조치를 내렸다. 몇 명이 되었든 그들의 모습이 드러내기를 기다려 정면 승부를 하겠다는 각오였다.

이런 식으로 병력이 갉아 먹힌다면 나중에는 정면 승부마저 수세에 몰릴 수 있었기 때문이다.

콰직.

슈우우우웅.

퍽. 퍼퍼퍽.

저택으로 돌아가던 병사들의 무리가 순식간에 어수선해졌다. 그들이 가는 길목에서 휘어진 나뭇가지가 채찍처럼 휘둘러지며 병사들을 공격한 것이다.

"크헉."

"끄어억."

병사들은 아무런 방비도 못한 채 나뭇가지들에 틀어박혔다.

우지끈.

퍼어어억.

"아아악."

"끄아아악."

이번에는 커다란 통나무가 함께 병사들을 향해 떨어졌다.

한순간이었다. 여기저기서 병사들의 비명 소리가 터져 나왔다. 길목에 함정을 설치했는지 갑작스레 잘 벼려진 나뭇가지들이 병사들을 덮치고 커다란 통나무가 휩쓸고 지나간 것이다.

순식간에 수십여 명의 병사가 목숨을 잃었다. 온몸에 나무가 틀어박혔고 통나무에 짓이겨진 얼굴은 알아볼 수 없을 지경이다. 죽었다는 것보다 죽은 모습 자체가 더욱 참혹했다.

이렇게 죽을 바에는 차라리 단칼에 목이 잘리는 게 나을 것이다. 더욱 참혹한 것은 목숨이 끊어지지 않은 병사들이다. 가슴과 얼굴은 너덜너덜해져 피투성이인데 목숨이 붙어 있어 괴로운 신음소리를 흘리고 있었다.

가뜩이나 겁을 집어먹은 병사들은 더욱 공포에 떨었다.

"주변을 잘 살펴라! 함정이 설치되어 있다."

"아무거나 밟지 마라! 수상한 건 피해가라!"

아르테미스와 기사들이 앞장서서 병사들을 이끌었다. 병사들은 그들이 이끄는 대로 조심스레 걸음을 옮겼다.

"대체 어떤 놈들이란 말이냐… 썅!"

비트레이는 험악한 표정으로 주먹을 불끈 쥐었지만 달리 할 수 있는 게 없었다. 적이 누구인지도 모르는 마당에 뭘 어떻게 대처해야 할지도 혼란스러웠다.

저택으로 돌아온 비트레이는 아르테미스를 모두 소집해 대책을 논의했다.

"커크! 아무래도 안 되겠다. 동미들랜드에 지원 요청을 해라! 기사단과 쉐도우를 요청해라."

"쉐도우 말입니까?"

커크는 놀란 표정으로 되물었다. 아르테미스와 쉐도우는 사실 껄끄러운 관계다. 쉐도우를 비밀리에 조직하면서 아르테미스는 자연스레 폐기되었기 때문이다.

무엇보다 쉐도우의 존재 자체가 비밀이었기에 공식적으로 그들의 도움을 요청할 수도 없다.

"여기야 너희가 있으니 발각될 걸 알고 보내지 않았지만 동미들랜드에는 쉐도우 팀이 있다. 중앙의 눈과 귀가 되어주는."

비트레이는 쉐도우에 대해서 어느 정도 정보를 가지고 있는 듯했다. 십 년 전의 반란에 아르테미스가 앞장섰던 선례가 있는 만큼 쉐도우는 각 영지에서 불온한 움직임을 사전에 차단하기 위해 신분을 감추고 있는 것이다.

"호크 기사들 중에 날렵한 자를 보내겠습니다."

"아니. 기사들로는 위험하다. 너희 중에 셋을 보내라."

비트레이는 확실히 하기 위해 아르테미스에게 직접 임무를 맡기기로 했다.

"셋씩이나 말입니까?"

커크의 입장에서는 도움을 요청하는 데 아르테미스를 셋씩이나 보낸다는 건 과해 보였다.

"배농도 당했다. 절대로 방심할 수 없는 자들이다."

"만일 우리를 노리는 자들이 쉐도우라면……."

커크는 지금까지의 소행이 쉐도우가 아닐까 의심했다. 이런 귀신같은 솜씨를 보일 수 있는 자들은 쉐도우 외에는 없었기 때문이다. 결국 적에게 도움을 청하는 형국이 되는 것이다.

"그럴 리가 없다고 말하지 않았나? 만일 정말 쉐도우라면… 우린 여기서 끝이겠지. 하지만 쉐도우들은 아닐 것이다. 굳이 이런 짓을 하지 않아도 되니까. 이건 우리에게 원한을 품고 있는 자들의 소행이 분명하다."

비트레이는 커크와는 다르게 보았다. 적이 쉐도우라면 어떤 희망도 없게 된다.

"알겠습니다. 래리와 베이코, 그리고 벅스를 보내겠습니다."

"그래. 이곳을 감시하고 있을지 모르니 일단 시선을 돌려야 한다. 병사들은 제하고 기사들과 남은 아르테미스만으로 숲 주변을 수색한다. 물론 눈속임일 뿐이다. 함정에 주의하고 저들의 시선을 돌리는 데 주력한다."

"알겠습니다. 즉시 조치하겠습니다."

비트레이는 자존심은 접어두고 손을 내밀기로 했다. 아르테미스가 쉐도우에게 도움을 요청하는 건 그야말로 굴욕적인 일이 아닌가. 하지만 지금은 이것저것 따질 상황이 아니다.

적의 정체조차 모르는 판국에 자존심 운운할 때가 아니었다. 무엇보다 피네스코와의 관계가 무척 껄끄러웠지만 지금은 고개를 숙이고 들어갈 수밖에 없었다.

비트레이는 남은 기사들과 아르테미스를 정원에 집결시킨 후 수색 떠날 준비를 했다.

잔뜩 겁에 질려 있던 병사들은 이번 수색에서 자신들이 빠진다는 걸 알게 되자 안도하는 기색이 역력했다.

"겁먹을 필요 없다! 어떤 놈들인지 내 직접 요절을 낼 것이다. 병사들은 저택 안에서 한 발짝도 벗어나지 마라!"

비트레이는 병사들을 향해 자신감 넘치는 목소리로 외쳤다. 하지만 이는 밖 어디선가 듣고 있을 적을 향한 것이다.

"함정이 설치되어 있을지 모르니 주변을 잘 살펴라! 수상한 기척이 감지되면 접근하지 말고 활을 쏴라! 출발!"

비트레이는 삼십여 명의 호크 기사와 다섯 명의 아르테미스를 앞세워 숲을 향했다. 보란 듯이 요란하게 움직이며 시선을 끌었다. 적들의 시선을 자신들에게 집중시킨 후 동미들랜드에 지원을 요청하기 위한 방편이다.

숲으로 들어가 한동안 이곳저곳을 살펴봤지만 어떤 반응도 없었다. 조용할 뿐이다.

"전혀 흔적이 없습니다."

"이상하군. 평소라면 분명 공격했을 텐데."

비트레이는 지금까지와는 달리 아무런 피해도 없는 게 의아했다. 꽤나 요란한 함정을 준비했거나 뒤처진 기사들을 암살할 것이라 생각했기 때문이다.

"그러게 말입니다. 아무런 피해도 없습니다."

"좀 더 시선을 끌어봐라! 경계를 늦추지 말고."

"예."

아르테미스와 기사들은 보란 듯이 요란하게 움직이며 반응이 나타나기를 기다렸다. 하지만 숲을 여기저기 들쑤시고 다녀도 적들은 어떤 공격도 하지 않았다.

"이쯤 했으면 됐다. 돌아간다."

몇 시간 동안 아무런 성과도 없자 비트레이는 철수하기로 했다.

이 정도면 충분히 시간을 벌었다고 판단한 것이다.

"설마 동미들랜드에 지원을 요청했다는 걸 눈치챘을까요?"

커크는 아무런 공격도 받지 않은 게 오히려 걱정스러웠다. 이쪽의 의도를 알아차렸을 가능성이 높기 때문이다.

"그럴 리가. 급작스럽게 결정한 것인데. 그리고 우리는 아르테미스라는 걸 잊지 마라. 기사나 병사들과 무리 짓지 않는 이상 마음만 먹으면 바로 코앞에 있어도 눈치채지 못할 만큼 은신 능력에 있어서는 자부할 수 있으니까. 설령 지원을 보낸다는 걸 알아도 셋 모두를 잡을 수는 없을 것이다."

"물론입니다. 우리는 아르테미스에서도 결사대가 아닙니까?"

"그래. 우리가 은밀히 움직이고자 하면 누구도, 설령 쉐도우라고 해도 찾을 수 없다."

비트레이는 아르테미스라는 자부심이 아직도 강했다. 은밀한 임무라면 절대 실패하지 않으리라 믿었다.

적의 능력이 아무리 강하다고 해도 그 틈을 비집고 들어가는 게 아르테미스가 아닌가.

숲으로 수색을 나간 병력이 저택에 다다랐을 때 이들의 눈에 펼쳐진 것은 다름 아닌 지옥도였다.

저택 주변에는 시체가 즐비했고 정원 쪽에도 병사들의 시체가 여기저기 흩어져 있었다.

"이… 이게 대체……."

"설마 우리가 없는 틈을 타 이곳으로 올 줄이야……."

저택에 도착한 비트레이는 아연실색했다. 생각지도 못한 일이 벌어진 것이다. 비트레이는 벌벌 떨고 있는 병사에게 달려가 윽박질렀다.

"대체 어찌된 일이냐!"

"그게……."

병사는 겁에 질려 대답조차 제대로 하지 못했다.

"똑바로 말하지 못하겠느냐!"

"저… 저도 잘 모르겠습니다요. 정원에 나와 보니 지키고 있던 병사들이 모두……."

비트레이의 윽박지름에 병사는 뭔가 이야기하려 했지만 횡설수설하는 통에 제대로 전달이 되지 않았다. 하지만 대충 습격을 당했다는 것이라 추측할 수 있었다.

"그럼 저택 앞에 있는 병사들의 시체는 무엇이냐?"

"겁을 먹은 자들이 저택 밖으로 도망쳤는데… 나가는 족족… 저 지경이……."

병사는 아직도 겁에 질렸는지 목소리가 떨렸다.

"나머지 병사들은 어디 있느냐?"

"저택 안에 다들 숨어 있습니다요."

"모두 소집하라! 어서!"

"예, 예."

비트레이는 짜증이 솟구쳐서는 소리쳤다. 저택을 지켜야 할 병사들이 무서워 저택에 꽁꽁 숨어 있으니 기가 찰 노릇이다. 게다가 싸워보지도 않고 도망가다가 죽어나갔으니 비트레이가 짜증을 내는 건 당연한 일이다.

"이놈들이……."

당하기만 하자 비트레이는 속이 부글부글 끓어올랐다. 눈앞에 나타나 제대로 싸워보지도 못하고 계속해서 병력만 잃는 상황이다.

"영주님! 말뚝의 시신들을 알아보시겠습니까?"

"내가 그런 걸 신경 쓸 여유가 있어 보이느냐?"

커크의 물음에 비트레이는 신경질적으로 대답했다. 이 와중에 누가 죽었는지까지 일일이 신경 쓸 여유는 없었기 때문이다.

"래리와 베이코, 그리고 벅스입니다."

"뭐… 뭐라?"

커크의 이야기에 비트레이는 순간 심장이 철렁 내려앉았다.

그 세 사람은 바로 동미들랜드에 지원을 요청하기 위해 보낸 아르테미스였던 것이다.

"동미들랜드에 지원 요청을 위해 보냈던 우리 요원들입니다."

"그럼 이놈들이 그걸 알고……."

비트레이는 숲에서 아무런 공격을 받지 않았던 이유를 알게 되었다. 처음부터 자신들에게 시선을 집중시키기 위한 행동은 아무 소용이 없었던 것이다.

"그런 것 같습니다. 우리가 오히려 당했습니다. 저들의 시선을 돌리기 위해 병력을 전부 이끌고 간 것이 오히려 화근이 되어 일방적으로 당한 것입니다."

"한 명도 아니고 세 명이다. 아르테미스 요원 셋이 제각각 다른 방향으로 출발했는데 어떻게 모두 당했단 말이냐?"

비트레이는 셋 모두 당했다는 걸 쉽게 받아들이기 힘들었다. 그저 그런 자들도 아니고 아르테미스가 아닌가. 그것도 결사대다. 은신 능력은 물론 전투 능력까지 최고라고 자부할 만한 자들이 한꺼번에 당했다는 건 믿기 힘든 일이다.

스스로를 감추고자 하면 지척에 있어도 찾기 힘든 게 아르테미스이기 때문이다.

"어쩌면… 적들의 수가 우리 예상을 훨씬 뛰어넘는지도 모르겠습니다."

"설마 우리가 포위라도 당했단 말이냐?"

"그럴지도 모릅니다. 이런 식으로는 이곳에서 벗어나는 게 불가능할 수도 있습니다."

커크는 저택 주변을 에워쌀 만큼의 인원이 있을 수도 있다는 가능성을 염두에 뒀다. 그렇지 않고서는 은신 능력이 뛰어난 아르테미스 셋이 모두 당할 수는 없기 때문이다.

적은 숫자로 게릴라전을 펼치는 것이라는 처음의 생각은 시작부터 잘못된 판단인 것이다.

"그 많은 인원이라면 왜 정면에서 공격하지 않고. 굳이 이런 식으로 나올 이유가 없지 않느냐?"

비트레이는 적들의 공격 행태를 이해하기 힘들었다. 이렇게 찔끔찔끔 병력을 갉아먹을 이유가 없지 않은가.

"그건 모르겠습니다. 공격을 못하는 것인지 아니면 안 하는 것인지. 중요한 건 더 이상 우리 병력을 잃어서는 안 된다는 것입니다."

"그럼 이곳에서 저놈들이 공격해 올 때까지 기다리자는 거냐?"

"일단은 그래야겠지요."

커크는 지금까지처럼 끌려가서는 안 된다고 보았다. 이런 식으로 병력이 줄면 정작 힘을 써야 할 때 속수무책이 될 수도 있었다.

"아무런 반응이 없으면?"

"동미들랜드로 함께 가는 수밖에 없습니다."

"으음."

비트레이는 절로 신음성이 흘러나왔다. 설마 이런 식으로까지 일이 전개될 줄은 몰랐지만 커크의 제안한 길 외에는 뾰족한 수가 없는 것도 사실이다.

"으아아아아."

이때 밖에서 비명 소리와 함께 병사들이 웅성거리는 소리가 들렸다. 뭔가 또 일이 터진 모양이다.

"또 무슨 소란이냐? 밖이 왜 이리 시끄러워!"

"알아보고 오겠습니다."

커크가 직접 밖으로 나갔다가 잠시 후 돌아왔다.

"무슨 일이냐?"

"병사들 몇이 도망가려 한 것 같습니다."

"어떻게 되었느냐?"

"저택을 벗어나자마자 모두 당했다고 합니다. 밖에 화살에 맞은 병사들의 시체가 널려 있습니다."

커크는 굳은 얼굴로 밖의 상황을 이야기했다. 그사이 겁에 질린 병사들이 또 도망가려 한 것이다. 하지만 누구도 저택을 벗어나는 건 허락되지 않았다.

"우리를 꼼짝없이 가둬두겠다?"

"그런 것 같습니다."

"젠장할 놈들! 이제 해가 떨어져 어두워질 테니 나가는 건

무리고 내일 아침 밝는 대로 동미들랜드로 간다. 그때까지 경
계를 철저히 세우도록 해라."

"알겠습니다."

비트레이는 커크의 말대로 모두 동미들랜드로 향하기로
했다. 더 이상 병력이 줄기 전에 이곳을 빠져나가는 게 유일
한 희망이었다.

제 11 장

네 영혼까지 씹어 먹어주마

"이러다가 우리 다 죽는 거 아냐?"

"귀신인지 사람인지도 모르는데 이렇게 보초 서는 게 무슨 소용이여. 안 그려?"

"시키는데 별수 있어? 아까 봤잖아? 저택 밖으로 한 발만 나가면 바로 저세상이라니까."

"젠장. 살 떨려서 미치겠구만."

보초를 서는 병사들은 심장이 오그라들 정도로 겁에 질려 있었다.

과연 이렇게 보초를 서는 게 무슨 의미가 있나 싶었지만 위에서 시키는 일이기에 어쩔 수 없이 서 있을 뿐이다.

누가 오는지 경계는커녕 어떻게든 눈에 안 띄고 살아남으려는 생각뿐이다.

"아무튼 날이 밝는 대로 같이 움직인다고 하니까 정신 바짝 차려. 졸지 말고."

"잠이 오간디? 무슨 소리 나면 얼른 숨어야제."

병사들은 어떻게든 이 밤을 무사히 넘기고 싶은 마음이 굴뚝같았지만 그건 부질없는 바람일 뿐. 바람이 지나치는 듯한 느낌과 함께 목에서 뜨거운 게 느껴졌다.

쉬이이익.

"커헉."

부아악.

"끄으윽."

이야기를 나누던 병사 둘은 비명도 제대로 지르지 못한 채 무너져 내렸다.

부가가가각.

콰직.

병사들이 쓰러지자 모습을 드러낸 복면인들은 이미 목숨이 끊어진 병사들의 전신을 난도질한 후 뼈를 으스러뜨렸다. 못 알아볼 정도로 심하게 훼손된 시신들은 마치 살아 있는 듯 공포에 질린 표정을 짓고 있었다.

스스스스슷.

병사들의 시체를 훼손한 후 복면인들은 어둠에 동화되어 또 다른 표적을 찾아 사라졌다.

저벅저벅.

전직 아르테미스 후크는 병사들의 경계 상태를 살피며 걸었다. 다들 긴장해서인지 조는 병사들은 없었다.

'아르테미스도 아니고 쉐도우도 아니면 대체 어떤 놈들이란 말이냐……. 아르테미스인 우리를 이렇게 가지고 놀 수 있는 자들이…….'

후크는 적의 정체에 대해서 고민해 봤지만 떠오르는 게 없었다. 결사대는 자신들만 남기고 모두 알카스에 갇혔고 첩보대는 이스마엘과 함께 중앙으로 갔다. 그들이 쉐도우의 전신일 것이라는 건 추측할 수 있었다.

하지만 쉐도우라고 해도 아르테미스를 이렇게 농락할 수는 없다.

후크는 제삼의 세력으로 눈을 돌려보았지만 특정 지을 만한 세력이나 조직이 없다는 게 문제였다.

'어차피 해만 뜨면 끝난다. 밖으로 나가는 자들만 제거하는 걸로 봐서 안으로 들어오지는 않을 것 같으니까.'

스으으윽.

순간 무언가 차가운 것이 목에 닿았다. 후크는 온몸의 털이 곤두서는 듯한 느낌을 받았다.

"누… 누구냐……."

마음을 다잡았지만 목소리는 미세하게 떨렸다. 목에 검이 닿을 때까지도 전혀 기척을 느끼지 못한 것이다. 아르테미스를 속일 만큼 상대의 은신 능력이 대단하다는 반증이다.

"후크!"

"나를… 아느냐?"

자신의 이름이 흘러나오자 후크는 숨이 멎는 느낌이었다. 목소리는 낮고 굵었는데 감출 수 없는 살기가 진득하게 묻어나왔다.

"내 목소리를 잊었다고 해도 이 느낌까지 잊었느냐?"

찌릿찌릿한 날카로운 기운과 함께 느껴지는 거친 기세. 압도적인 위압감. 후크의 몸이 부들부들 떨리기 시작했다. 본능적으로 상대를 알아챈 것이다.

"설마… 그럴 리가……."

후크는 부정하고 싶었다. 절대 있을 수도, 있어서도 안 되는 인물이 등 뒤에 있는 것이다.

꿈에서조차 피하고 싶었던 사람이 지금 자신의 목숨을 노리고 있다.

"이제야 알아보는구나."

"그건… 불가능해… 어떻게… 당신이……."

휘리리릭.

터어어억.

순간 몸이 반대편으로 돌려지더니 억센 손아귀가 턱을 잡아 눌렀다.

"우욱."

후크는 옴짝달싹 못한 채 소리조차 내지 못했다. 워낙 억세게 턱을 움켜쥔 탓에 말도 할 수 없었다.

"크크크크크. 감히 네놈들 따위가……."

점차 가까워지는 얼굴. 마치 지옥의 악마를 연상케 할 만큼 살기가 번득거리는 눈빛이 다가왔다.

"우우욱."

후크는 뭔가 말을 하려 했지만 한마디도 내뱉지 못했다. 눈앞에는 자신들이 배신했던 대장 카라얀이 악귀와도 같은 표정을 하고는 서 있었다.

콰직.

"흐윽."

카라얀은 후크의 어깻죽지를 그대로 물었다. 이빨이 살에 틀어박혔다. 후크는 괴로운 비명을 내지르고 싶었지만 거친 숨소리만 낼 수 있을 뿐이다.

찌지지지직.

푸화하하학.

"꾸으으으윽."

카라얀은 더욱 깊숙이 어깻죽지를 물고는 좌우로 번갈아 가며 흔들었다. 얼마나 강하게 물었는지 살점이 떨어졌다. 카라얀은 더욱 깊게 물고는 거칠게 흔들기 시작했다.

살이 찢기고 급기야 뼈가 부러지며 팔이 떨어져 나갔다.

후크는 끔찍한 고통과 두려움에 눈동자가 하얗게 돌아가고 있었다.

푸우우욱.

"끄으으."

이번에는 오른손이 후크의 배를 뚫고 들어갔다. 후크는 온몸의 털이 곤두설 만큼 극심한 고통을 느꼈다.

후비적후비적.

"꾸어어어어."

카라얀의 손이 후크의 배 안을 이리저리 휘젓고 있었다. 후크는 자신의 내부가 진탕이 되는 느낌을 고스란히 느끼면서도 이상하게 정신을 잃지는 않았다.

우드득.

"흐어어억."

카라얀의 오른손이 후크의 머리를 잡고는 그대로 돌려 버렸다. 그의 머리가 한 바퀴 돌며 뼈가 부러지는 소리가 났다.

찌지지직.

카라얀은 후크의 머리를 그대로 뽑아버렸다.

붉은 피가 바닥을 흥건히 적셨다.

"크크크크. 운이 좋구나. 너무 빨리 죽였어."

카라얀은 아쉬운 표정을 짓고는 다시금 어둠 속으로 모습을 감췄다.

밤사이 카라얀과 친위대가 저택을 휘젓고 다녔지만 누구도 알아채는 사람은 없었다. 보초를 서던 자들은 더 이상 말할 수 있는 상태가 아니었기 때문이다.

이미 차디찬 시신이 되어 여기저기 뒹굴고 있을 뿐이다.

끝이 없을 것 같았던 밤이 지나고 아침이 밝았다. 간밤의 일을 모르는 사람들은 평상시와 같은 아침을 맞았다.

하지만 얼마 지나지 않아 간밤의 참상에 모두가 아연실색했다.

"영주님!"

"또 무슨 일이냐?"

비트레이는 짜증부터 났다.

"당했습니다."

"당하다니? 누가?"

"보초를 서던 병사들이 모두 죽었습니다."

커크의 표정은 딱딱하게 굳어 있었다. 아르테미스 다섯 명 모두 경계 근무에 동원되었기에 어느 정도는 안심하고 있었는데 결과는 예상을 완전히 벗어나 있었던 것이다.

"뭐… 뭐라? 얼마나?"

"남은 병사는 스무 명 남짓입니다."

"그… 그런……."

비트레이는 할 말을 잃었다. 저택을 나간 것도 아니고 이제는 저택 안까지 들어와 병사들을 죽인 것이다.

"기사들도 당했습니다. 열 명이 남았습니다."

"이런 말도 안 되는……. 아르테미스를 모두 소집해라! 당장 이곳을 떠난다!"

비트레이는 더 이상 시간을 지체할 겨를이 없다고 판단했다. 저택마저 안전하지 못하다면 더 기다릴 이유가 없는 것이다.

"남은 건… 저뿐입니다."

비트레이는 무척 위축된 모습이다. 병사나 기사의 피해가 중요한 게 아니다. 믿었던 아르테미스가 모두 당해 버렸기 때문이다.

"뭐… 뭐라? 다섯이 모두 당했단 말이냐?"

"그렇습니다."

"대체 어떻게? 아니, 그런데도 몰랐단 말이냐?"

비트레이는 도무지 커크의 말을 믿기 힘들었다. 암살이라면 아르테미스의 전문이 아닌가. 그런데 다섯이나 있으면서 일방적으로 당했다는 건 기가 막힐 노릇이다.

"처참하기 그지없습니다. 마치 짐승에게라도 뜯긴 것처럼 아르테미스의 시체는 잔인하게 훼손시켜 놨습니다."

커크는 치가 떨리는지 말하면서도 고개를 절레절레 흔들었다.

"아르테미스만 그리 해놓았다고?"

"예."

"으음. 적은 분명 아르테미스와 원한이 있다는 건데…….대체 누구란 말이냐? 비록 많은 일들을 했지만 그건 어디까지나 비밀에 부쳐졌을 텐데. 우리의 정체를 알고 복수라도 한단 말이냐?"

비트레이는 과연 자신들에게 원한을 가진 자들이 누구인지 곰곰이 생각해 보았지만 특정해서 떠오르는 인물은 없었다.

그것도 아르테미스가 해체된 지 십 년이 지난 지금 갑작스럽게 이런 일이 벌어진다는 건 더더욱 의아했다.

"모르겠습니다. 아르테미스의 일이라는 게 원한을 질 수밖에 없는 일이기에 철저히 신분을 위장하고 임무 시에도 복면을 쓰지 않습니까? 이렇게 우리의 신분을 정확히 알 수 있는 인물은 몇 되지 않습니다. 고위 귀족이라고 해도 말입니다. 그분이라면 모르겠지만."

커크는 한 사람을 떠올렸다. 모든 정보를 가지고 있는 사람. 그리고 아르테미스에 대해서 훤히 알고 있는 사람. 그가 배후라면 지금의 이런 상황도 충분히 가능한 일이다.

"이스마엘 님은 아니다."

비트레이는 고개를 저었다. 비록 지금은 함께하지 않지만 그가 이런 식으로 자신을 제거하려 하는 건 앞뒤가 맞지 않기 때문이다.

그는 이런 번거로운 절차를 무시하고 단번에 모두 죽일 만큼의 힘을 가지고 있다. 하지만 지금의 적은 뭔가 깊은 원한을 가지고 있다는 걸 느끼게 할 만큼 그 방법이 너무 잔인하다.

"하지만 우리의 정체를 이렇게 자세히 알 수 있는 사람이 또 누가 있겠습니까? 적어도 관련은 되어 있을 것입니다. 누군가에게 우리의 정보를 팔았을 수도 있습니다."

"우리에게 원한을 가진 누군가와 거래를 했다?"

"그렇지 않고 지금 일어나는 일들은 불가능합니다."

커크는 이스마엘 쪽으로 가닥을 잡았다.

그가 직접 했든 단지 관여만 했든 어떤 식으로든 연관이 있을 것이라고 보았다.

그가 아니고서는 아르테미스에 대해서 그리고 자신들의 신분에 대해서 정확히 알 수가 없기 때문이다.

"으음. 네 말이 사실이라면… 동미들랜드에 지원을 요청하러 가는 건 무의미한 일이 된다."

비트레이는 절로 신음성이 흘러나왔다. 이제 마지막 기댈 곳은 동미들랜드의 쉐도우뿐인데 이스마엘이 관련된 것이라면 그들의 도움을 기대하기는 불가능하다. 오히려 가자마자 죽임을 당하게 될 것이다.

"일반 기사로는 절대 불가능한 일입니다. 우리를 공격했던 건 쉐도우가 틀림없습니다."

커크는 적들의 정체를 쉐도우로 단정 지었다. 그들의 은밀함은 아르테미스와 같은 부류가 아니면 불가능하기 때문이다.

"부딪쳐 보면 알겠지. 계획대로 동미들랜드로 간다. 어떻게 나오나 보자. 만일 쉐도우라면… 적어도 길동무는 삼아야 하지 않겠느냐?"

"기왕 죽게 된다면… 한 놈이라도 죽여야겠지요. 아르테미스의 자부심을 보여줘야 합니다."

"모두 정원으로 집결시켜라! 곧장 동미들랜드로 간다."

"예, 영주님."

비트레이는 적들의 정체가 무엇이든 모험을 하기로 했다.

이렇게 속수무책으로 반항도 못하고 당하느니 적어도 싸워는 봐야 할 것 아닌가. 자포자기하는 심정으로 마지막 희망에 걸기로 했다.

*   *   *

살아남은 병사들과 기사들을 정원에 집결시켜 동미들랜드까지 가는 동안의 지시 사항을 전달하던 커크는 허겁지겁 영주 집무실로 달려왔다. 반쯤 혼이 나간 사람처럼.

"영주님! 큰일 났습니다."

"왜 또?"

"밖에… 밖에……."

커크는 너무 당황해 제대로 말조차 할 수 없었다. 마음은 앞서는데 몸이 따라가질 못하고 있었다. 그저 손가락으로 밖을 계속해서 가리킬 뿐이다.

"밖이 왜? 또 당했느냐?"

"나타났습니다."

"나타나다니? 설마 모습을 드러냈단 말이냐?"

"그렇습니다. 그런데 그들의 정체가……."

커크의 목소리가 떨렸다. 드디어 보이지 않는 적의 실체가 눈앞에 나타난 것이다.

"왜 말을 하다 마느냐? 설마 아는 자들이냐?"

"직접 보셔야 할 것 같습니다."

비트레이는 서둘러 밖으로 나갔다. 살아남은 기사들과 병사들이 겁에 질려 떨고 있었고 수백은 되어 보이는 인원이 정원을 에워싸고 있었다.

"이… 이렇게나 많단 말이냐? 족히 수백은 될 것 같은데……."

"그렇습니다."

비트레이는 정원을 에워싼 자들을 보자 몸의 힘이 쭉 빠졌다. 많아도 너무 많았다. 숫자가 적어 몰래 기습을 했다는 생각이 잘못되었다는 걸 깨닫게 해줄 만큼 압도적이었다.

"아아, 남은 병력으로 어찌해 볼 숫자가 아니다. 이제… 끝이야. 다 끝났어."

비트레이는 전의마저 상실해 버렸다. 아르테미스를 농락할 정도로 대단한 자들이 수에서마저 압도하고 있다. 그렇다면 살아날 가능성은 없는 것이다.

"누군지… 모르겠습니까?"

커크는 주눅 든 표정으로 나직하게 말했다.

"무슨 소리냐?"

비트레이는 아직 적들의 정체를 짐작하지 못한 듯했다.

"자세히 보십시오."

"웬 놈들이길래 이런 짓을 벌인 것이냐? 누가 시킨 짓이냐?"

"건방진!"

"뭐라?"

비트레이는 둘러싼 적들을 향해 소리쳤다. 적어도 왜 이런 일을 벌인 것인지는 알아야 하지 않는가. 죽을 때 죽더라도 누가 원수인지는 알아야 덜 억울할 것 같았다.

"그 냄새나는 주둥이를 닥치지 못할까?"

무리 중 하나가 엄한 목소리로 소리쳤다.

"흥. 이제 자신 있다 이거냐? 그래서 지금껏 쥐새끼마냥 숨어 있다가 이제야 그렇게… 허억. 설… 설마!"

비트레이는 소리친 사내를 향해 욕설을 퍼붓다가 헛바람을 삼켰다. 뭔가 낯이 익었던 것이다.

"비트레이! 네놈이 감히!"

"허억. 클… 클레이튼……"

비트레이의 심장이 철렁 내려앉았다. 생각지도 못한 인물이 눈앞에 있다. 자신과 함께 결사대의 부대장을 맡았던 친구. 그의 집에 자주 놀러가던 터라 여동생인 아이린을 보게 된 것이다.

"내 당장 네놈을 찢어죽이고 싶지만 내 차례가 오지는 않을 것 같군. 네놈이 꼭 만나 뵈어야 할 분이 계시니까."

클레이튼은 끓어오르는 분노를 애써 억눌렀다. 아무리 화가 나도 지금은 참아야 할 때다.

"설마!"

비트레이는 불길한 예감이 엄습했다. 클레이튼이 자신의 여동생이 어떤 꼴을 당했는지 알면서도 이렇게 자제하고 양보할 수 있는 사람은 세상에 단 한 명뿐이기 때문이다.

저벅저벅.

친위대가 옆으로 갈라서자 카라얀이 걸어 나왔다. 그의 팔에는 아이린의 시신이 들려 있었다. 죽은 지 며칠이 지나서인지 시신은 썩는 중이었고 고약한 냄새가 풍겼다.

하지만 카라얀은 아무렇지도 않은지 아이린의 시신을 두 팔로 들고 한 걸음씩 다가왔다. 기사들과 병사들이 얼른 길을 비켜줬다. 카라얀은 그 사이로 지나쳐 비트레이 앞에 아이린의 시신을 조심스레 내려놓았다.

"허어억."

부들부들.

아이린의 시신을 확인한 순간 비트레이의 머릿속은 하얗게 변해 버렸다.

설마 이런 날이 오리라고 생각이나 했겠는가. 다시는 카라얀과 마주할 날이 없을 것이라 믿었다.

그렇기에 아이린에게 그 짐승 같은 짓을 해온 것이다. 하지만 지금 눈앞에는 십 년간 온갖 짓을 다했던 아이린의 시신이 놓여 있고 그 뒤에는 악마보다 더 험상궂은 표정의 카라얀이 서 있다.

비트레이는 아무것도 생각할 수 없었다. 토끼가 호랑이와 마주치면 굳어버리듯 비트레이 역시 모든 기능이 멈췄다고 해도 무방했다.

"감히 네놈이!"

카라얀의 눈빛은 그야말로 지옥에서 기어 올라온 악마의 그것과도 같아 보였다.

"대… 대장……."

비트레이는 대항할 엄두는커녕 다리마저 떨렸다. 과거에도 카라얀의 위압감은 아르테미스를 압도할 정도였다.

하물며 아이린에 대한 걸 알고 있는 카라얀이 얼마나 무섭게 변할지는 상상할 필요도 없다. 이미 몸으로 느끼기 때문이다.

"더러운 주둥이를 다물라!"

"죄… 죄송……."

카라얀의 외침에 비트레이는 부들부들 떨며 용서를 구하려 했지만 너무 떨려 말도 제대로 나오지 않았다.

"너까짓 놈이 감히! 크아아아아!"

카라얀은 끓어오르는 분노를 참지 못하고 성난 목소리로 포효했다. 그의 목소리는 쩌렁쩌렁 울리며 가슴을 뒤흔들었다.

"허억."

"히익."

"으으으."

병사들과 기사들은 카라얀에게서 뿜어져 나온 엄청난 기세에 온몸의 힘이 한 번에 빠져나간 느낌이었다. 서 있을 힘도 없을 만큼 다리가 떨렸고 이빨을 딱딱 부딪쳤다.

터어억.

카라얀은 비트레이의 목을 움켜쥐었다.

우지끈.

"끄아아아악."

카라얀의 발이 비트레이의 발목을 그대로 밟고는 짓이겼다. 발목뼈가 부스러지며 끔찍한 고통이 전해졌다.

"날 배신한 건… 그래… 잊어줄 수도 있다. 그런데 이 가녀린 아이에게……."

"살… 살려……."

비트레이는 겁에 질려 눈물까지 흘리며 애원했지만 아무런 의미 없는 행동일 뿐이다. 지금 카라얀에게는 아이린을 위로해야 한다는 생각밖에 없었다.

비트레이의 애원 따위는 귀에 들어올 리가 없다.

우두두둑.

"끄으으으윽."

카라얀은 나머지 한쪽 발목마저 짓이겨 버렸다. 비트레이
는 카라얀에게 목을 잡힌 채 대롱대롱 매달리는 모습이 되었
다.

"가져와라!"

카라얀의 명에 친위대는 나무 말뚝들을 나르기 시작했다.
기둥이 되는 두 개를 바닥에 깊이 박고는 위에 지지대를 걸쳐
놓았다.

콰직.

카라얀은 기다란 꼬챙이 하나를 가운데 박아 넣었다.

우두둑. 뚜두둑.

"끄어어어어."

카라얀은 비트레이의 양 손목까지도 완전히 부스러뜨렸
다. 비트레이는 발목과 손목이 모두 부스러져 축 늘어졌다.

터어어억.

카라얀은 비트레이를 번쩍 들어 올렸다.

"물어라!"

콰아악.

비트레이는 지지대에 매어놓은 밧줄을 힘껏 물었다. 아래에는 쇠꼬챙이가 자신을 향하고 있다.

조금만 아래로 내려와도 쇠꼬챙이는 비트레이의 항문을 통해 꿰뚫어질 것이다.

"으으으으."

비트레이는 온힘을 다해 악물었다. 팔다리가 부러진 상태였기에 밧줄을 잡을 수도 없었다.

"커크!"

카라얀은 비트레이에게 밧줄을 물게 한 후 커크의 앞에 섰다.

"죽여… 주십시오……."

커크는 온몸을 떨었다. 대항할 수 없는 위압감. 이 정도 거리라면 전력을 다해 암수를 썼을 때 성공할 가능성도 있다. 하지만 커크는 아예 그런 엄두조차 낼 수 없었다.

"살기를 바랐더냐?"

"아… 아닙니다……. 죽음을……."

커크는 열심히 고개를 흔들었다. 여기서 살려달라고 말할 만큼 멍청하지는 않다.

"하나도 남기지 말고 모두 척살하라!"

"명!"

친위대가 병사와 기사들을 향해 다가갔다.

"살… 살려 주십시오!'

"우리는 그분을 건드린 적도 없습니다."

병사와 기사들은 애원하기 시작했다. 사실 이들은 왜 카라
얀과 그의 수하들이 자신을 죽이는지도 알지 못한다. 분명 억
울한 부분은 있었다.

"죽어야 할 자와 함께 있었으니 죽어야 한다!'

카라얀의 대답은 명쾌했다. 이들의 억울함을 배려해 줄 생
각 따위는 없다.

쉬이이잇.

"커헉."

부가가각.

"으아아악."

기사들과 병사들은 친위대에게 일방적인 도륙을 당했다.
반항할 수도 없었다. 공포에 몸이 굳어 멍하니 선 채 목숨을
내어줘야 했다. 친위대의 검은 일말의 자비도 없었다.

최대한 고통스럽도록 한 번에 죽이지 않았다. 베고 또 베어
아이린의 원혼을 달래고자 했다.

수십 번의 칼질로 팔다리가 잘리고 온몸이 난도질당한 후
에야 비로소 목이 떨어졌다.

"으으으."

죽음을 당하는 자보다 그것을 보는 자가 더한 공포를 느낀

다. 친위대의 잔혹함은 커크조차 두렵게 만들었다.

쉬이이이익.

터어어억.

커크는 재빨리 단검을 꺼내 자신의 목에 찔러 넣으려 했지만 그보다 더 빠르게 카라얀의 손이 움직였다. 카라얀은 커크의 손목을 움켜쥐었다.

단검은 커크의 목줄기 앞에서 멈췄다.

"제… 제발……."

커크는 죽게 해달라고 애원했지만 그건 너무 과한 자비다. 지금 아이린이 보고 있지 않은가.

"마지막까지 더러운 짓거리를 하느냐?"

카라얀의 성난 눈매는 커크의 심장을 옥죄었다.

"제… 제발… 죽음을……."

스으으윽.

클레이튼이 기다란 바늘 같은 걸 건넸다.

"허억. 제… 제발……."

커크의 두 눈이 부릅떠졌다. 카라얀의 손에 들린 것이 무엇인지 너무 잘 알기 때문이다.

아르테미스가 심문할 때 사용하는 도구.

어떤 독종이라도 단번에 젖먹이 시절의 일까지 죄다 불어버리게 만들 만큼 무시무시한 도구가 지금 자신을 향하고 있다.

수십 번을 난도질당해 죽은 병사와 기사들은 자비롭게 죽었다고 여겨질 만큼 끔찍한 것이 눈앞에 있었다.

"끄어어어어."

이때 옆에서 숨넘어가는 듯한 비명 소리가 들렸다. 비트레이의 입에서 밧줄이 조금 삐져나왔다. 밧줄이 삐져나온 만큼 비트레이의 몸은 아래로 내려갔다.

그와 동시에 가느다란 쇠꼬챙이가 엉덩이를 뚫고 들어왔다.

"네놈도 장단을 맞춰야겠지. 우리 아이린이 하늘나라로 올라가는데 축가는 해줘야 하지 않겠나?"

"제발……."

샤샤샤샷.

친위대가 커크의 양팔과 몸통, 그리고 양다리를 잡고는 바닥에 눕혔다.

"여기서부터가 좋겠군."

찌지지지직.

가느다란 바늘이 복사뼈 사이를 헤집고 들어가기 시작했다. 살이 찢기는 소리와 뼈가 갈리는 소리가 생생하게 들렸다.

그와 함께 비트레이 못지않은 절규가 터져 나왔다.

"끄아아아아아!"

커크는 머릿속이 하얗게 변했지만 감각은 더욱 예민해졌다. 온몸의 털이 곤두서고 몸이 굳을 만큼 끔찍한 고통이 찾아왔다.

"좀 더 크게! 이래선 아이린이 듣지 못해!"

푸우우우욱.

"끄어어어어억."

바늘이 더 깊숙이 박히며 복사뼈를 지나 종아리뼈를 뚫고는 허벅지 쪽으로 향했다.

커크는 눈이 돌아가고 온몸이 부들부들 떨렸지만 정신은 너무나 말짱했다.

당장이라도 죽고 싶었지만 죽음도 마음대로 할 수 없었다. 카라얀의 허락이 있을 때 비로소 죽을 수 있는 것이다.

푸우우우욱.

"끄아아아악."

비트레이는 결국 더 버티지 못하고 밧줄을 놔버렸다. 엉덩이를 지나 꼬챙이는 내부를 들쑤셨다.

"제발… 죽음을……."

비트레이는 가까스로 입을 열고 애원했다. 밧줄을 놓으면 단번에 죽을 줄 알았는데 그건 비트레이의 착각이었다.

꼬챙이는 일정 깊이 이상 들어가지 않도록 중간에 장치가 있었고 비트레이는 고통만 받은 채 숨은 붙어 있었다.

"네놈도 함께 맛봐야지. 커크가 서운해하잖나?"

찌지지지직.

"끄어어어어어."

바늘이 비트레이의 부러진 발목을 지나 정강이뼈를 들쑤시고는 허벅지를 지났다.

비트레이는 정신이 나간 사람처럼 바둥거리며 괴로워했지만 멈출 수는 없었다.

"쌍으로 잘도 노래를 부르는구나! 우리 아이린도 분명 하늘에서 듣고 있을 것이야. 크크크크."

두 사람의 자지러지는 비명은 카라얀에게는 아이린을 위한 축가로밖에는 들리지 않았다.

악마가 실제 존재한다면 바로 카라얀과 같은 모습일 것이다.

그의 눈은 섬뜩할 정도로 매서웠고 맹수라 해도 도망갈 만큼 거친 기세를 뿜어냈다.

"그리고 보니 네놈들은 노래를 참 좋아했었지. 오늘 실컷 불러 보거라. 내일도 모레도. 계속해서!"

카라얀은 이들을 단번에 죽일 생각이 없었다. 두 사람이 버틸 때까지, 아니 어떻게든 버티게 만들어 최대한 오래도록 고통을 줄 생각이다.

아이린이 십 년간 지옥을 겪었던 것처럼.

그렇게 삼 일 밤낮을 비트레이와 커크의 절규는 계속되었다.

"칸! 그들의 영혼까지도 절대 이 고통을 잊지 못할 것입니다."

비트레이와 커크의 목숨이 끊어졌을 때 클레이튼의 보고였다.

"짐승 밥으로 던져 주거라!"

"명!"

비트레이와 커크는 삼 일간의 모진 고문으로 이미 시신은 너덜너덜해진 상태였지만 그마저도 땅에 묻힐 자비는 얻지 못했다.

*　　　*　　　*

비트레이에 대한 복수가 끝나고 카라얀은 저택에 근거지를 마련했다. 친위대는 미들랜드의 모든 길목을 지키며 누구도 오가지 못하도록 지나가는 자들은 모조리 척살했다.

"칸! 이제 어찌하실 생각입니까?"

"내가 함께하고자 했던 삶을 앗아갔으니 나도 그들에게서 빼앗아야겠지."

카라얀은 이곳에 오기 전에 말했던 삶 중 두 번째를 택했다. 아니. 그것 외에는 이제 선택할 수 있는 게 없었다. 함께 할 사람이 세상에 없기 때문에.

"세상과 싸우시렵니까?"

"세상을 부수려 한다!"

카라얀은 세상에 대한 야망 같은 건 없었다. 왕이 되고자 하는 욕심도 없다. 그런 자들에게 복수하는 길은 그들이 얻고자 하는 걸 파괴해 버리면 되는 것이다.

"준비가 필요합니다."

"미들랜드에서 시작한다! 하나씩 하나씩 빼앗아줄 것이다."

카라얀은 차근차근 부수기로 했다. 그들이 얻고자 했던 이 나라를 조금씩 부숴 결국에는 아무것도 남지 않도록.

"다음 목표는 동미들랜드겠군요."

"동미들랜드와 서미들랜드 모두 갖겠다. 그 후 이곳에서 힘을 기를 것이다! 세상을 부술 힘을!"

"준비하도록 하겠습니다."

클레이튼은 굳은 표정으로 대답했다. 장차 벌어질 싸움은 비트레이를 상대할 때와는 다르다. 아무리 예전보다 강해졌다고 해도 나라를 상대하는 일이기 때문이다.

"그전에. 가야 할 곳이 있지 않나?"

"어딜 말씀입니까?"

"사하라! 네 아내를 먼저 찾아야겠지."

카라얀은 클레이튼에게 새로운 삶을 찾을 기회를 주고 싶었다. 이 세상에 다시 오게 되면 가장 먼저 해야 할 일 중 하나였다.

"천천히 찾아도 됩니다."

클레이튼은 고개를 저으며 카라얀의 제안을 거절했다.

"서두를 줄 알았는데 의외군. 찾아서 이곳으로 데려올 것이다. 나는 못했지만 넌 네 삶을 살아라!"

카라얀은 그렇게나 보고 싶어 했던 사하라를 찾는 일에 별 반응을 보이지 않는 게 의아했지만 자신에게 부담이 될까 걱정하는 것으로 보았다.

하지만 카라얀에게는 세상을 부수는 것보다 클레이튼이 행복한 삶을 다시 찾기를 바랐다.

"전 칸과 함께합니다."

"내가 바란다! 나와 아이린의 몫까지 네가 살아다오! 네 아내 사하라와 함께!"

카라얀은 클레이튼의 손을 꼭 쥐었다. 그는 친구이자 수하이며 처남이다. 아이린과 같은 비극이 다시 일어나지 않도록 클레이튼의 삶은 지켜주고 싶었다.

클레이튼을 통해 아이린과 못다 한 행복을 조금이나마 대신 위로받고 싶었던 것이다. 아이린도 그것을 바라고 있을 것이라 믿었다.

"칸……."

클레이튼의 눈시울이 붉어졌다. 카라얀의 마음이 어떤지 너무나 잘 알기 때문이다.

*　　　*　　　*

클레이튼이 사하라를 찾으러 떠난 후 카라얀은 친위대와 수하들을 소집하기로 했다.

"발칸!"

"예. 칸!"

"클레이튼이 돌아오기 전에 동미들랜드로 갈 것이다. 친위대 일부는 동미들랜드의 모든 길목을 차단하고 누구든 지나지 못하도록 척살하라!"

"명!"

발칸은 명을 받기는 했지만 표정은 그리 좋지 않았다. 뭔가 불편해 보이는 얼굴이다.

"그런데 클레이튼이 몇이나 데리고 갔지? 길목을 지키는 대원들 외에는 다 있는 것 같은데."

카라얀은 친위대가 모두 남아 있자 의아하게 물었다. 아무리 클레이튼이라고 해도 만일의 경우를 대비해 어느 정도의 대원은 데리고 가는 게 맞다.

사하라까지 함께 오는 걸 고려하면 더더욱 그래야 한다.

"혼자 가셨습니다."

"뭐라? 왜 따라가지 않았지?"

"대장님의 명이 너무 엄하셔서……."

카라얀의 물음에 발칸은 곤혹스러운 표정으로 말끝을 흐렸다. 뭔가 사연이 있는 듯했다.

"당장 친위대 삼십을 호위하도록 보내라! 사하라는 서미들랜드로 가는 길목에 보스콘이라는 마을에 있다. 별일이야 없겠지만 아직 우리의 존재가 드러나서는 안 된다. 사하라를 보호하는 동시에 모든 흔적을 지워라!"

카라얀은 성난 표정으로 소리쳤다. 클레이튼처럼 철두철미한 사람이 왜 이런 실수를 저질렀는지는 몰라도 지금 상황은 그리 녹록하지 않다. 비트레이를 응징했을 때와는 다르다.

카라얀이 마음 놓고 비트레이를 괴롭힌 건 친위대가 철저히 길목을 차단했기 때문이다.

하지만 클레이튼은 아무런 방비도 없이 위험을 무릅쓰고 있었다.

"그게……."

발칸은 난처한 표정으로 어쩔 줄을 몰라 했다.

"뭐지? 내게 숨기는 게 있나?"

카라얀은 뭔가 자신이 모르는 게 있다는 걸 눈치채고는 엄한 표정으로 물었다.

"죄송합니다. 칸! 대장님께서 워낙 엄하게 명하신 일이라 말씀드리지 못했습니다."

카라얀이 눈치채자 발칸은 얼른 고개를 숙이며 사정을 이야기했다.

"다 말해라! 무얼 숨기는지."

"대장님의 아내 분께서는 이미……."

발칸은 클레이튼의 당부에도 말할 수밖에 없었다.

사실 클레이튼의 아내 사하라는 알카스에 끌려가기 전에 이미 죽었다. 그것도 클레이튼이 보는 앞에서.

그리고 그녀의 목을 벤 인물이 바로 동미들랜드의 영주로 있는 피네스코다.

피네스코는 당시 백작으로 있던 그레고리 백작의 측근으로 아르테미스와 거사를 함께 했었다.

거사가 성공한 직후 아르테미스에 대한 체포가 시작되었을 때 클레이튼은 사하라와 집에 있었는데 피네스코와 기사단이 들이닥친 것이다.

피네스코는 사하라를 인질로 잡아 클레이튼을 굴복시켰는

데 눈앞에서 사하라를 겁탈하려 했고 그녀는 거세게 저항했다.

결국 피네스코의 얼굴에 기다란 검흔을 남기고는 그의 검에 목이 달아났다.

클레이튼은 이 광경을 지켜보며 울부짖었지만 이미 온몸이 결박되어 기사들에게 잡혀 있는 상태라 아무것도 할 수 없었다.

"클레이튼! 그렇게 괴로웠으면서도… 난 너무 내 생각만 했던 건가……."

발칸의 이야기를 듣고 나자 카라얀은 가슴이 찢어지는 것 같았다.

알카스에서 십 년을 함께 있었지만 한 번도 듣지 못한 이야기다.

그런 아픔을 가지고서도 언제나 자신을 챙겨주고 기억을 잊지 않도록 격려해 주었던 것이다.

카라얀은 클레이튼에 대해 너무 무심했다는 생각에 가슴이 아팠다.

아이린을 잃고 나서 느낀 그 절망감. 그런 감정을 십 년간 가슴에 묻어두며 살았으니 아마도 마음은 문드러졌을 것이다.

"지금 대장님께서는 동미들랜드로 가시는 중입니다. 피네스코 그자에게 직접 복수하시겠다고 말입니다."

"어차피 동미들랜드로 갈 텐데 왜 그리 무모한 짓을……"

카라얀은 비트레이에게 그랬던 것처럼 피네스코에게 적어도 잔인한 복수를 할 수 있는데 굳이 혼자 간 것은 이해하기 힘들었다. 자신이 말릴 것도 아닌데 왜 혼자서 위험을 무릅쓰는지도.

"대장님께서는 동미들랜드를 얻어야 한다고 하셨습니다. 하지만 칸께서 사연을 알게 되시면 이곳처럼 동미들랜드 역시 지워질 것이라며 걱정하셨습니다. 동미들랜드를 온전히 얻어야 적들과 맞설 기반을 마련할 수 있다고 하셨습니다."

발칸은 클레이튼이 혼자 동미들랜드로 떠난 이유를 말해 주었다.

이 또한 카라얀을 위한 선택이었던 것이다. 카라얀이 세상과 싸우기 위해 필요한 최소한의 기반.

그것이 동미들랜드라고 판단한 것이다.

"클레이튼! 넌 언제나 나를 생각해 주는구나! 하지만! 네 원한을 푸는 게 세상을 빼앗는 것보다 내겐 더 소중하다!"

카라얀은 눈을 감았다. 클레이튼의 마음이 얼마나 아플지 느껴졌다. 그가 얼마나 자신을 위하고 있는지도 알 수 있었다. 하지만 이건 아니다.

클레이튼이 카라얀을 생각하는 만큼 카라얀도 그를 생각하기 때문이다.

카라얀에게 중요한 걸 정작 클레이튼은 오히려 위험한 상황 속에 몰아넣고 있는 셈이다.

"발칸!"

"예. 칸!"

"길목을 지키는 최소한의 대원만 남기고 전원 소집하라! 동미들랜드를 칠 것이다!"

카라얀은 생각할 것도 없이 해야 할 일을 정했다. 클레이튼의 복수. 그리고 클레이튼의 안전. 이것이 카라얀에게는 현재 가장 중요한 일이었다.

"하지만 대장님께서는 동미들랜드를 얻지 못하면……."

발칸은 클에이튼의 당부를 떠올리며 난감한 기색을 드러냈다.

"동미들랜드는 미들랜드의 입구와도 같은 곳. 이스마엘 그놈의 눈과 귀가 반드시 있다. 피네스코 그놈을 처리한다고 해도 우리의 존재는 곧장 중앙에 보고될 것이다. 아직은 때가 아니야. 발각될 바에는 지우는 게 낫다! 당장 소집하라!"

"명!"

카라얀은 클레이튼이 미처 생각하지 못한 부분까지도 염

두에 두었다. 누구보다 철두철미한 이스마엘. 그는 현명했고 언제나 판세를 정확히 읽었다.

그런 인물이 동미들랜드에 아무런 조치를 취하지 않았을 리가 없다. 비트레이가 있는 미들랜드는 사실 그리 큰 땅도 아니고 전략적인 가치도 없다.

하지만 동미들랜드는 다르다. 의심이 많은 이스마엘은 전략적으로 중요한 영지는 언제나 꿰뚫고 있어야 직성이 풀리는 위인이기 때문이다.

카라얀은 아직 늦지 않기를 바라며 동미들랜드를 향해 말을 달렸다.

『복수는 이렇게 하는 거다』 2권에 계속…

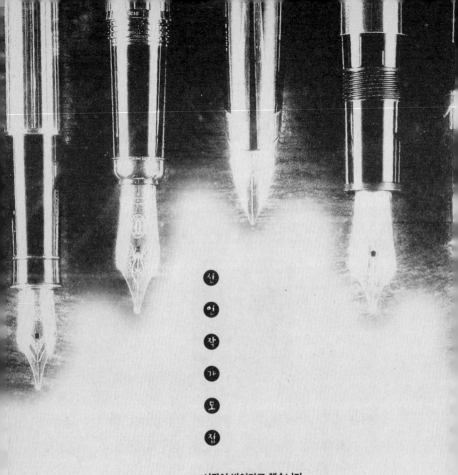

水仙經

수선경

사람이 아닌 귓것이거나, 죽음을 매개로 하여 가끔 나타난다고도 한다. 희뿌연 검상과 피가 흩뿌려지고 망자의 혼이 허공에서 춤출 때 귀여의 살자가 그곳에 있을 것이다.

하늘의 달은 빛살이도 닿지 세상을 부른 이나

작은 샘이 바다로 모여들 듯,
만류의 법이 하나로 회귀하듯,
다섯 개의 동경이 드디어 하나로 모인다.

검을 만드는 사람과
검을 쓰는 사람,
그리고 검을 버리는 사람의 이야기!

천명을 타고 태어난 **청풍과 강검산**
그리고 혈로를 걸어온 살수 **타유**,
그들이 다섯 줄기의 피의 숙명과 마주한다.

Book Publishing CHUNGEORAM

유행이 아닌 자유추구 —
WWW.chungeoram.com

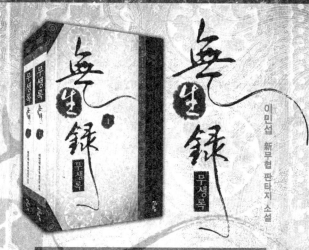

이민섭 新무협 판타지 소설

죽지 못하는 자는 살지 못하는 것과 같다.
그래서 그는 스스로를 무생(無生)이라 부른다.

무생록 無生錄

은퇴한 기인들의 마을, 득도촌
그곳에서 가장 기이한 자는…
은거기인들마저 놀라게 하는 한 명의 청년

"그 무엇도 궁금해하지 말 것!"

부엌칼로 태산을 가르고,
곡괭이질로 산을 뚫는 자, 무생!

흘러 들어온 남궁가의 인연으로,
죽지 못해서 살아온 그가
이제 죽기 위해 무림으로 나선다.

살지 못한 자가 비로소 살게 되었을 때
천하가 오롯이 그의 것이 되리라!

Book Publishing CHUNGEORAM

유행이아닌 자유추구 —
WWW.chungeoram.com

FUSION FANTASTIC STORY
천성민 장편 소설

짐승의 규칙

『무결도왕』, 『다크로드 블리츠』
천성민 작가의 신간!

『짐승의 규칙』

살아야만 했다.
나를 위해 희생당한 부모님을 위해.
복수를 위해.

죽여야만 했다.
내가 살기 위해 타인의 목숨을.

그렇게……
나는 짐승이 되었다.

Book Publishing CHUNGEORAM

유행이 아닌 자유추구 -
WWW.chungeoram.com

이중민 판타지 장편 소설

Mighty Warrior

영웅병사

복수를 다짐한 소년 병사,
붉은 제국을 향해 깃발을 세운다.

「영웅병사」

평온한 유년 시절을 보내던 비첼.
어느 날, 붉은 제국의 깃발 아래에 사랑하는 가족을 빼앗기고 만다.

"도끼… 도끼라면 다룰 줄 압니다."

병사가 되고자 참가한 전쟁에서 소년은 점점 영웅이 되어 간다!

쓰러져가는 아버지의 등을   억하며,
아직 어린 소년으로서 도끼를 들고 붉은 제국과 싸우 위해 일어선다.

제국과의 전쟁에 스스로 뛰어든 소년.
병사, 비첼 안센트.
이것이 영웅 탄생의 시작이다!